Le Masque de la Bête

Je souhaite recevoir :

– le catalogue général
– les volumes cochés ci-dessous au prix de 6,50 € l'unité, soit :

N°.................................... livres à 6,50 € , = €

\+ frais de port = €

(1 vol. : 1,50 €, 2 à 3 vol. : 3,50 €, 4 vol et plus : 5 €)

TOTAL (ajouter à TOTAL abonnements) =.............€

ISBN 978-2-7443-1562-6

SEAN McFARREL

Les Sanguinaires

Tome I
Le Masque de la Bête

VAUVENARGUES

Pour Serge Brussolo,
sans qui ce livre n'existerait pas

et pour les samouraïs du 14ᵉ.

Sean McFarrel

Note

Le présent ouvrage a paru en 1998 aux Éditions du Masque, sous le titre « Le Masque de la Bête ». À l'époque, le texte a subi quelques coupes, afin d'entrer en conformité avec la collection existante.

L'auteur saisit ici l'occasion qui lui est offerte de proposer une version revue et augmentée, en total accord avec son esprit originel.

Pour d'évidentes raisons de format, l'histoire paraîtra cependant en deux tomes, dont voici le premier.

PROLOGUE

Pour rien au monde les loups n'auraient manqué ce rendez-vous avec la Bête. Ils étaient venus en nombre, marchant en silence dans les traces de leur chef de meute, un mâle puissant au regard de nuit. Prenant position en lisière de clairière, ils s'étaient couchés les uns contre les autres, prêts à intervenir… ou à filer, car les réactions de la Bête demeuraient imprévisibles.

Devant eux, le puits de lumière perçait les frondaisons. La colonne de feu – véritable doigt de Dieu tombé du ciel – transperçait les feuillages drus, se frayait un passage parmi les branchages et venait illuminer le visage de Saint Guénolé. Seul au milieu de ce trou de verdure, vêtu d'une toge pourpre, les mains jointes devant sa poitrine, il tournait vers le Tout Puissant un visage empreint de béatitude. Ainsi l'avait voulu celui qui avait sculpté le bois, ponçant ses aspérités, peignant chaque détail avec un soin méticuleux.

Le résultat était saisissant : quiconque découvrait la sculpture était saisi par la vie qui s'en dégageait. Pour un peu, on se serait attendu à voir le saint quitter son piédestal et s'avancer à travers bois, en quête de nouveaux mécréants à convertir. Du reste, Guénolé n'en était pas à son premier miracle. Dès l'enfance, n'avait-il rendu la vue à sa sœur ? La petite Clervie jouait dans la ferme familiale, quand un jar agressif lui avait sauté au visage. À violents coups de becs, le mâle furieux lui avait arraché les yeux avant de les avaler. Alerté, Guénolé avait identifié l'animal au milieu des dizaines d'oies et de jars de la basse-cour. Il l'avait éventré sans hésitation pour récupérer dans ses entrailles les yeux de sa sœur. Il les avait rapportés à Clervie, avait dessiné sur le front de l'enfant le signe de la Croix… et la fillette avait recouvré la vue.

Sans doute était-ce là l'hommage désiré par l'artiste en choisissant cet endroit pour y dresser la statue. Au vrai, l'œuvre attirait la lumière, elle la guidait au plus profond des ténèbres. Pendant des années, elle avait joui d'un véritable culte, on s'était déplacé de fort loin pour la vénérer… Las, le temps avait passé. Peu de gens se souvenaient encore de sa présence aujourd'hui, seuls les loups lui rendaient encore visite. Chaque fois, ils coulaient des regards méfiants vers celui qui restait insensible à leur présence alentour.

Oui, les loups venaient régulièrement. Ils avaient fini par s'habituer à la présence de l'homme immobile, de même qu'ils avaient accepté celle de la Bête.

Pourtant, aujourd'hui, *quelque chose n'allait pas*.

Était-ce cette vibration dans l'air ? Cette annonce d'un déferlement de fureur imminent ? Les loups couchaient les oreilles, leurs gorges laissaient fuser des grondements sourds. Queues basses, ils tournaient la tête de droite et de gauche, sans parvenir à identifier les causes de leur trouble.

Un bruit, non loin, les alerta soudain.

Les loups se levèrent, tous sens aux aguets.

On s'approchait.

Marguerid étouffa un juron. Une branche basse, plus vicieuses que les autres, lui avait fouetté le visage. Depuis qu'elle s'était aventurée à travers bois, la jeune femme devait repousser les rameaux de la main, batailler pour avancer entre les fourrés qui dressaient leur muraille d'émeraude, interdisant l'accès à la clairière.

– Tu es là, siffla Marguerid entre ses dents. *Je le sens*.

Elle n'était pas revenue depuis une éternité. Enfant, elle suivait sa mère sur le large chemin serpentant dans la forêt. Parvenues à la clairière, elles déposaient ensemble une gerbe de fleurs au pied du saint. Marguerid conservait le souvenir d'heures apaisantes, de moments de sérénité partagée. Elle n'avait pas effectué le pélerinage depuis la mort de sa mère et peinait à retrouver sa route.

Du chemin, il ne restait rien. Les ronces avaient envahi les sentiers, les fougères masquaient caprices et pièges du terrain. Ici, une racine vous cisaillait le mollet, là, un trou vous emprisonnait la cheville… La nature avait repris ses droits autour de la clairière, qu'elle aurait sans doute bientôt engloutie.

Marguerid leva les yeux, en quête d'un peu de lumière. Au-dessus d'elle, les feuillages tissaient un filet à la maille compacte, plongeant les bois dans la nuit. La jeune femme devait prendre garde à chaque pas, user de prudence en avançant le sabot, sonder le sol et s'accrocher pour ne pas perdre l'équilibre.

– Tu y seras bientôt, s'encouragea-t-elle d'une voix que l'effort faisait rauque. Allons ! Plus que quelques pas…

Elle écarta un bouquet de branches du bout des doigts et poussa un soupir de satisfaction en découvrant qu'elle ne s'était pas trompée.

Saint Guénolé était bien là, isolé dans sa minuscule clairière, unique puits de lumière dans cette partie de la forêt.

Marguerid libéra un cri de joie. La statue n'avait pas changé, elle avait résisté aux assauts de la forêt ! Nul lierre au long de ses jambes, pas de mûriers accrochés à sa toge. La jeune femme demeura un instant immobile. Elle observait le dos de la statue. Elle pouvait voir ses cheveux couler sur ses épaules, les plis de la toge, si parfaits qu'on les aurait crus d'étoffe et non de bois.

Retardant le moment de s'approcher, elle entreprit de longer la clairière pour découvrir Guénolé dans son ensemble. La prière qu'elle voulait lui adresser était d'importance, il convenait de ne pas brusquer les choses, afin que le saint l'accueille avec toute sa bienveillance.

De profil, Guénolé semblait plus triste. Son visage trahissait l'effort, ses traits étaient creusés. Marguerid fronça les sourcils. Dans son souvenir, le saint était frappé de béatitude… Se pouvait-il que les outrages du temps aient gâté la sculpture ?

Elle accéléra l'allure et découvrit le visage, de

face cette fois. Elle tressaillit devant l'effroyable tableau : les yeux de Guénolé étaient deux puits de ténèbres. Des mèches épaisses lui barraient le visage, comme poisseuses de sueur. Tout autour de sa gorge, une espèce d'écharpe s'animait. C'était plus noir qu'un morceau de nuit, cela couvrait son cou, et l'attache de ses épaules. Comme la glaise sous les doigts du potier, la matière modifiait son apparence. Ça bougeait, ça *grouillait*…

Marguerid sentit son ventre se nouer. Elle porta une main tremblante à ses lèvres.

Ça n'était pas le saint.

C'était… autre chose.

Elle aperçut soudain une forme ronde au pied de la statue. Cédant à une impulsion, elle s'avança dans la clairière et découvrit avec effroi que la tête du saint, son beau visage de bois au sourire paisible, avait eu le cou tranché. On l'avait découpé comme un poulet, et des échardes surgissaient de sa base de bois comme des pieux.

Marguerid releva lentement la tête. Elle retardait l'instant où il lui faudrait affronter la chose. Usant de courage, elle tendit la main vers le faciès grimaçant et tressaillit quand le nuage de mouches en décolla en vrombissant.

Alors seulement, la jeune femme vit la mare de sang qui s'écoulait sur les épaules de Guénolé. Elle hurla de terreur, voulut faire demi-tour… mais se figea.

Devant elle, *la Bête était apparue*.

Marguerid ne cria pas davantage. Le monstre ne lui en laissa pas le temps. D'un seul geste, il lui trancha la gorge. D'un second mouvement, plus violent encore, il la décapita.

La tête de Marguerid roula sur le sol, les yeux ronds, la bouche ouverte sur un cri muet.

La dernière image qu'elle emporta fut celle des loups, qui tournaient vers elle des rictus gourmands.

Chapitre Premier

Le soleil était encore haut dans le ciel, en cette fin d'après-midi d'automne. Thibault passa une main sur son front et la ramena poissée de sueur. Il plissa les paupières et balaya du regard le paysage alentour. À n'en pas douter, la Bretagne était belle en cette période. Sa forêt s'embrasait dans une explosion de couleurs. Les feuillages roussis dessinaient un océan de flammes.

L'écuyer soupira : bientôt viendraient les premiers froids, puis la neige. Alors sortiraient les loups, poussés par la faim…

– Vas-tu te décider à me suivre, par la Malemort ?

Thibault s'ébroua. La voix du chevalier l'avait fait sursauter, comme à chaque fois qu'il se perdait en rêveries. Son maître détestait cet état quasi somnambulique dans lequel il aimait se plonger.

« Ce sont là attitudes de jouvencelles ! » affirmait-il.

Souvent, Jehan de Kermarec gratifiait son suivant d'une bourrade, qui le jetait dans la poussière. Thibault serrait alors les dents et ravalait sa rage. *Il était écuyer* : le chevalier agissait pour son bien. Il devait s'endurcir, apprendre le métier des armes, se préparer au mieux s'il voulait à son tour être adoubé. « Tu étais encore parti ! s'écriait son maître, un jour viendra où tu te laisseras surprendre par des brigands ! Ceux-là te caresseront les côtes avec du bon acier ! Il ne sera plus temps de se frotter le cul, quand tu baigneras dans ton sang ! »

Thibault acquiesçait et s'empressait de suivre.

La voix du guerrier retentit à nouveau.

– Je suis là ! Arrive au plus vite, j'ai soif !

Thibault leva la tête et fut aveuglé par la lumière. Il tendit une main en visière au-dessus de son front. Jehan de Kermarec l'attendait plus haut sur le chemin. Sa silhouette se découpait en contre-jour. C'était un homme au cou de taureau. Une bête de guerre, entraînée depuis son plus jeune âge au maniement des armes. Thibault, en regard, faisait pâle figure. Du haut de ses dix-sept ans, il apparaissait bien frêle, presque efféminé.

Il piqua des deux, rejoignit de Kermarec au

sommet de la colline et lui tendit la gourde de vin. Le chevalier s'abreuva et rota. Il désigna la vallée de son gantelet ferré :

– C'est là-bas que nous trouverons un engagement, martela-t-il comme pour s'en persuader.

Thibault suivit la direction indiquée. À quelques lieues de là se dressait la cité de Moncontour. Au cœur de la vallée, la forteresse se juchait sur un escarpement rocheux, au confluent de deux rivières. Pelotonnée derrière ses épais remparts, elle dominait les lieux et offrait une halte incontournable aux caravanes marchandes et aux voyageurs contraints d'emprunter la route des terres. Les deux hommes ne l'atteindraient que deux jours plus tard, par une route qui serpentait à travers les bois.

Jehan de Kermarec avait pris ses renseignements sur la ville : il trouverait sans doute à assurer l'escorte de marchands de berlingue, cette toile écrue, mélange de chanvre et de lin, dont les artisans de Moncontour s'étaient faits spécialistes.

Le travail de mercenaire était peu contraignant, les risques minimes. La seule présence d'un chevalier au côté d'une caravane suffisait bien souvent à décourager les pillards, qui leur préféraient des proies sans défense.

Thibault ne partageait cependant pas l'enthousiasme de son maître. Amer, l'écuyer songeait au passé. Il y avait eu un temps où le chevalier aurait décliné des offres de ce type, mais aujourd'hui... Aujourd'hui, ils s'abaissaient à proposer leurs bras, et ne pouvaient plus se permettre de mépriser le couvert qu'on leur proposerait pendant les quelques jours de voyage. De plus, la prime que son maître saurait négocier leur permettrait d'envisager plus sereinement les semaines à venir.

Jehan de Kermarec engagea sa monture sur le chemin.

– Nous dormirons à mi-chemin, et nous y serons dans deux jours, au matin. Ne traîne pas : j'ai hâte de manger et je veux que tu fasses un bon feu. Et ne lésine pas sur la quantité de bois. Choisis de bonnes bûches, épaisses et sèches : j'en ai assez de me peler le cul au réveil !

Sitôt dit, il piqua des deux, s'amusant par avance des difficultés rencontrées par le jeune écuyer.

Thibault rangea la gourde et entreprit de suivre le chevalier. Il maugréait, n'osant élever la voix de peur de déclencher la ire de son maître, mais *baste* ! Il avait beau jeu, ce seigneur qui chevauchait un étalon de guerre, aux jambes épaisses et vigoureuses, capable de rompre l'échine d'un homme d'une simple ruade... Thibault l'avait déjà vu agir de la sorte au cours de joutes organisées par des seigneurs en mal de combat : Jehan de Kermarec, tel le centaure des légendes, faisait corps avec la bête et tournoyait au cœur de la mêlée, tandis que sa monture chargeait, donnant çà et là des coups de sabots qui envoyaient rouler leurs adversaires dans la poussière. Les joutes cessaient le plus souvent au premier sang, mais il n'était pas rare qu'un combattant téméraire, refusant la défaite, morde la poussière de la lice et y perde la vie.

Une fois, Thibault avait vu l'un des adversaires de son maître s'effondrer ainsi sur le sol comme un pantin. Furieux d'avoir subi un tel affront, l'homme s'était relevé et empressé de retourner à la bataille, désireux d'en découdre avec ceux qui tenaient toujours en selle... Mal lui en avait pris : le cheval de Kermarec, sentant sa présence, avait alors projeté ses lourds sabots en arrière. Sous le choc, le heaume du malheureux s'était déformé, broyant son crâne comme une coquille d'œuf. Le guerrier avait glissé sur le sol, sans plus de consistance qu'une de ces marottes de chiffons qui plaisaient tant aux petites paysannes. Le casque d'acier avait libéré des flots de sang. Autour de ses épaules, une large fleur pourpre avait moussé. La mort du preux avait sonné la fin de la joute. On mit son décès sur le compte de la malchance mais Thibault savait bien, lui, que la bête était maligne : *elle sentait la présence des hommes et prenait plaisir à les foudroyer…*

C'est pourquoi il la suivait toujours à distance respectable, prenant bien garde de ne jamais se trouver à portée de ses formidables pattes. Lorsque venait le soir et que son maître lui ordonnait de brosser le monstre, il s'annonçait haut et fort, sans jamais se glisser dans le dos de l'étalon. Jehan de Kermarec s'amusait de ses précautions :

– Tu devrais agir avec plus de douceur encore ! Songe donc que voilà une excellente occasion de répéter l'accoste d'une pucelle !

Il accompagnait sa pique d'un rire gras, qui mortifiait l'écuyer, puis il continuait de sa voix de stentor :

– Crois-tu que les damoiselles apprécient qu'on tourne autour d'elles sans jamais s'en approcher ? Non ! Elles aiment qu'on les charge, qu'on les bouscule. Elles veulent sentir notre présence, *notre force*.

La litanie continuait, interminable. La solitude du chevalier errant pesait sur les épaules de Jehan de Kermarec, qui trompait l'ennui des veillées en narrant ses exploits auprès des jouvencelles. Il n'était jamais à cours de détails salaces et Thibault se contentait de hocher la tête sans jamais intervenir. Le jeune homme n'était pas dupe, mais ne souhaitait pas relancer d'interminables discussions. Il voulait préserver ses forces pour affronter la route du lendemain, car chaque jour voyait s'étendre le chemin devant les deux hommes condamnés à passer de château en château.

Le chevalier de Kermarec ne manquait jamais de participer à un tournoi : les joutes constituaient la principale source de revenus de ce chevalier sans terre. Les primes n'étaient pas rares, mais elles permettaient tout juste d'assurer les dépenses d'entretien de l'armure du guerrier. Thibault et son maître étaient condamnés à avancer sans cesse, sous peine de ne plus posséder de quoi survivre. L'écuyer s'imaginait souvent vagabondant sur les routes, à la poursuite d'un chevalier déguenillé, allant quasi nu sous un caparaçon d'acier. Oui, c'était cela : *il suivait un hybride*, mi-centaure, mi-humain, un être uniquement voué au combat qui l'entraînait dans la spirale infernale des tournois. Jusqu'au jour où il roulerait à son tour sur le sol, victime d'une charge plus puissante ou plus précise que les autres…

Thibault attendait ce jour néfaste comme la pire des malédictions : *de Kermarec vieillissait*, il s'affaiblissait. Et leur maigre pécule ne leur permettait pas toujours de manger à leur faim. L'écuyer surveillait parfois son maître, alors qu'il prenait son bain dans le lit d'une rivière. Le corps couturé, parcouru de bourrelets cicatriciels, n'était plus depuis longtemps celui d'un jeune homme, ses muscles autrefois saillants avaient fondu. Il semblait aujourd'hui que Jehan de Kermarec ne combattait plus qu'avec l'énergie du désespoir, que seules sa colère et sa rage mêlées soulevaient son épée.

Mais combien de temps encore lui suffiraient-elles ? Combien de temps Jehan de Kermarec résisterait-il aux assauts furieux de ses adversaires ?

Thibault se faisait parfois l'effet d'être le valet d'un fantôme. L'idée s'imposait peu à peu dans son esprit tourmenté.

Il marchait dans l'ombre d'un guerrier déjà mort.

CHAPITRE II

Lison et Marie riaient à gorge déployée. Elles se laissaient emporter par le flot de la rivière, plongeaient, s'accrochaient aux herbes hautes de la berge, luttaient à contre-courant et s'aspergeaient en soulevant des gerbes d'eau. Le soleil changeait les myriades de gouttelettes en autant de diamants éphémères. Les cheveux longs des filles, nattés avec soin, formaient des serpents dorés qui tantôt se lovaient sur leurs épaules, tantôt dansaient au gré de l'onde.

Arrivées une heure auparavant, les deux jeunes femmes avaient déposé leurs vêtements au bord de la rivière. Elles avaient suivi le petit chemin serpentant à travers la forêt, défiant le vilain sentier aux innombrables pièges de ronces et d'orties, pour atteindre cet endroit connu d'elles seules. Là, dans ce refuge de verdure, elles échappaient enfin à la surveillance des autres villageois. Elles étaient hors d'atteinte, à mille lieux de ces regards chassieux qui scrutaient leurs mouvements, disséquaient leurs gestes, inspectaient leurs mimiques…

Effacées les mines ulcérées, étouffés les commentaires acerbes. On aurait voulu les voir mariées, soumises à un gars du village, à l'un de ces lourdauds ployant l'échine devant Conan, le maître de Moncontour. On aurait aimé les voir fécondées à répétition, lourdes, déformées par les grossesses multiples, bataillant pour réunir la horde de marmots geignards qui les empêcheraient de vivre, les asserviraient à leur tour. Oui, on se serait ravi de cela… Mais Lison et Marie n'entendaient pas vivre ainsi.

Si elles avaient grandi dans l'enceinte de la ville, à l'ombre de l'imposant castelet de Conan, elles refusaient d'y rester. À maintes reprises, blotties près de la cheminée de l'auberge, elles avaient assisté aux « spectacles » : ces repas des marchands ambulants, ces hommes riches qui arrivaient dans leurs caravanes aux escortes armées. Elles avaient observé les visages des hommes d'armes, écouté les récits de voyages et de batailles des paladins errants.

À mesure que passaient les années, Lison et

Marie avaient décidé d'échapper à leur condition. Elles rêvaient aujourd'hui d'une autre vie. Plus que tout, elles aspiraient à se retrouver et multipliaient les escapades.

Au terme d'une longue marche, elles pouvaient s'aimer librement. Lison et Marie se connaissaient depuis la plus tendre enfance. Elles s'aimaient comme des sœurs – bien plus que des sœurs, au vrai.

Assises au bord de l'eau, les mains jointes sur les genoux repliés, serrant leurs jupons de draps, elles avaient écouté le chant de la rivière et les cris des oiseaux. Puis elles s'étaient enlacées, caressées, embrassées longuement. Après l'amour, elles avaient évoqué en gloussant les sermons enflammés du prêtre, qui promettaient les flammes de l'Enfer à ceux qui se livraient ainsi aux liaisons interdites.

– Il ne l'emportera pas au Paradis ! avait sifflé Lison. Comme tous les religieux, il doit lui aussi avoir connu les attentions de ses « grands frères ». Tu l'imagines, la bure relevée, dansant au milieu d'un cercle de moines ?

Marie avait rosi. Elle avait mollement tenté de faire taire sa compagne, qui avait chassé ses réprobations d'un revers de main.

– Allons ! insista Lison. Tu ne vas pas croire à toutes ces histoires de damnation éternelle ?

– Je ne sais pas, répondit Marie dans un souffle. Le père Anselme dit que la Bête est venue pour nous punir de nos péchés…

Elle se mordit aussitôt les lèvres et lança de droite et de gauche des regards inquiets. On ne prononçait pas le nom du monstre, au risque de le voir apparaître au détour du chemin.

Lison lui passa un doigt amoureux sur la joue.

– Cesse donc d'y penser. La Bête ne nous fera rien. Elle attaque la nuit et ne surprend que les idiots qui s'aventurent hors des remparts.

Marie hocha la tête. Oui, Lison avait raison, comme chaque fois. Et sa caresse la rassérénait.

– C'est un loup, voilà tout, reprit Lison en se relevant. Une saleté de loup affamé, qui rôde aux alentours et attend le soir pour attaquer.

Marie leva les yeux sur sa compagne. En contre-jour, la silhouette élancée, aux seins ronds et fermes, se dressait sur la berge. La chaleur invitait à la baignade. Autour d'elles, la végétation drue les soustrayait aux regards importuns.

Lison fit un pas en avant et plongea la première dans les eaux claires de la rivière. Elle invita sa compagne à la rejoindre, mais Marie hésitait encore.

– Allons ! insista Lison en fronçant les sourcils. Tu ne vas pas rester là, à brûler sous le soleil ! Tu vas finir par ressembler à une de ces créatures que les chevaliers rapportent de leurs croisades !

Marie fut tentée de hausser les épaules. En d'autres temps, les moqueries de Lison lui auraient tiré des sourires. Elle se sentait nerveuse, sans parvenir à se l'expliquer.

– Dépêche-toi, reprit Lison. J'ai froid.

Marie se releva. Elle observa Lison, ses cheveux défaits, cascadant sur ses épaules. Les perles d'eau qui s'accrochaient sur ses pommettes ou brillaient entre ses seins. Elle s'ébroua et se décida à la rejoindre.

Depuis l'abri de la forêt, la Bête la suivit des yeux.

Elle sentit un frisson d'excitation lui parcourir l'échine et dut réprimer ses ardeurs.

Le soleil était encore haut.

Rien ne pressait.

[illegible]

[illegible]

[illegible]

[illegible]

[illegible]

CHAPITRE III

Pour l'heure, Thibault et son maître arpentaient les chemins rocailleux. Jehan de Kermarec avançait tranquillement, juché sur sa formidable monture. Thibault, lui, devait se contenter d'une maigre carne, qui boitait bas et renâclait sans cesse. Une bête vicieuse, toujours prompte à réagir. La première fois qu'il l'avait montée, la garce l'avait envoyé voler dans un buisson de genêts, qui avait miraculeusement amorti sa chute. Thibault en avait été quitte pour quelques bleus le long du dos et des courbatures.

– Tu ferais bien d'apprendre à la tenir, avait raillé de Kermarec, sinon, comment pourras-tu un jour chevaucher une fille ?

Thibault avait une fois encore baissé la tête. L'hilarité de son maître l'avait meurtri davantage que sa chute.

– Par Dieu, s'esclaffait de Kermarec, voilà bien l'écuyer qu'il me fallait : telle bête, tel cavalier !

Il s'étouffait presque de rire devant le visage contrit du jeune homme. Thibault, tête basse, savait que le chevalier parlait vrai : il devait s'endurcir, s'affirmer. Ce n'était qu'à ce prix qu'un jour, peut-être, il deviendrait à son tour chevalier.

Il avait rattrapé sa jument, l'avait chevauchée jusqu'au soir sans lui accorder le moindre répit. À la nuit, rompu de fatigue lui aussi, il s'était effondré.

Mais la bête attendait son heure.

Ce soir était différent : Jehan de Kermarec soliloquait avec bonhomie, décrivant par avance l'auberge dans laquelle ils ne manqueraient pas de descendre à Moncontour. Il souriait béatement à la seule évocation des serveuses dont il comptait s'attirer les faveurs. Thibault écoutait d'une oreille distraite ses divagations. Il dressa le camp et s'en fut chercher du bois pour le feu.

Au matin, ils reprendraient la route de Moncontour, voilà tout. Dormir dans un vrai lit lui importait peu : seule la perspective d'un vrai salaire le réconfortait et les marchands bretons savaient se montrer généreux. Pendant quelques semaines, leur vie allait changer. Ensuite…

Il secoua la tête : ensuite, on verrait bien ! Il serait à nouveau temps de chercher un nouveau tournoi, une autre mission de protection... Il revint au campement et s'occupa du repas. Il prit soin des chevaux puis, prétextant une grande fatigue, il s'allongea et se roula dans sa couverture, feignant de s'endormir très vite.

Thibault nourrissait une sourde inquiétude. Il aurait dû se réjouir de l'opportunité qui s'offrait à eux mais, sans que rien ne justifie son état, il se sentait oppressé par une angoisse grandissante. Il tourna et retourna longtemps sur lui-même sans parvenir à trouver le sommeil. Il fixait les braises du foyer, dans l'espoir d'y lire le proche avenir.

Une peur superstitieuse lui nouait les entrailles : il craignait pour la première fois de voir le jour se lever. Il sentait la présence d'une force démoniaque, tapie dans les buissons.

Il ignorait encore combien il avait raison.

CHAPITRE IV

Lison avait repris pied sur la berge. Elle leva la tête et secoua son épaisse chevelure de droite et de gauche. L'espace d'un instant, elle fut auréolée d'un nuage de gouttes d'eau luisantes.

Dans son dos, Marie s'arrêta pour admirer les formes de sa compagne. Elle s'arrêta sur les hanches rondes, sur la cambrure du dos. Elle sourit tandis que Lison relevait ses cheveux et les roulait en chignon.

– Assez ri, décida soudain Lison.

Elle surprit Marie d'une soudaine volte-face, l'agrippa aux genoux et la fit glisser au sol. Marie poussa un cri aigu, qui se mua en éclat de rire. Avec un grognement excité, Lison s'était jetée sur elle et, les mains serrées sur ses poignets qu'elle écartait avec force, plongeait le visage entre ses seins.

Marie lutta un moment, cuisses serrées, puis elle les écarta largement et accueillit son amante contre son ventre. Elle planta les talons dans le dos de Lison et l'embrassa avec fougue, mordillant sa lèvre inférieure.

Lison se détacha pour se redresser et contempler sa prisonnière à loisir.

– Tu es à moi, souffla-t-elle.

Marie ne lui répondit pas. Elle fixait un point au-dessus de son épaule. Son expression énamourée s'était muée en grimace de peur.

Lison lâcha aussitôt ses poignets. Elle se retourna, entrevit la forme massive qui se penchait sur elle. Elle devina l'attaque, voulut crier mais n'en eut pas le temps. Sa gorge, tranchée net, ne produisit qu'un gargouillis atroce.

Lison bascula sur le côté en portant une main sur la plaie béante, dans le fol espoir de la refermer. Entre ses doigts, le sang giclait à flots. Le cri affolé de sa compagne l'accompagna dans le néant.

Marie, pour sa part, se débattait en vain. Les yeux exorbités, elle ruait en tous sens pour se dégager, mais le corps de Lison pesait sur le sien, la clouant dans les hautes herbes. Le sang se répandait sur sa poitrine, lui coulait sur la gorge, poissait ses joues et ses cheveux.

Quelque chose céda dans l'esprit de Marie. Refusant d'affronter la réalité, elle ferma les yeux et se mit à pleurer comme une enfant, à supplier.

Un instant, la Bête se délecta de sa peur et de sa douleur. Le plaisir irradiait ses membres, elle en profita pleinement… puis elle se pencha à nouveau et frappa.

Marie périt à son tour.

Son corps frémit un instant, puis se détendit.

La Bête contempla son œuvre. Les corps sans tête, toujours enlacés, baignaient dans une mare rouge vif que la terre ne tarderait pas à absorber.

Le monstre s'accroupit. Il caressa la chair laiteuse d'un dos, remonta le long d'une cuisse. Il eut un ricanement sourd et huma l'air, chargé des parfums intimes des filles, de leur sueur et de l'odeur plus âcre de leur sang. Il fut tenté de les posséder là, de jouir dans leurs dépouilles encore chaudes, mais se retint. Aucune d'elles ne le méritait. Elles n'étaient pas assez pures pour espérer cet hommage. Il préféra les regarder un long moment, comme pour en graver le souvenir dans sa mémoire.

Quand la Bête se redressa, le soleil avait disparu derrière la cime des arbres. Satisfaite, elle renversa la tête et partit d'un rire tonitruant, dont l'écho courut avec la rivière pour se perdre sous les frondaisons.

CHAPITRE V

Le rire de Jehan de Kermarec accompagnait Thibault aujourd'hui encore, alors que son maître n'était plus. Il cascadait dans son cauchemar, l'aiguillonnait dans son sommeil. Puis il se muait en plainte, et s'étranglait tandis que les piques des brigands trouvaient les failles de l'armure.

Alors retentissait le roulement des sabots du cheval et l'écuyer fuyait, fuyait... pour se réveiller, le corps couvert de sueur, les membres agités de soubresauts.

Le cauchemar le hantait. C'était comme une plaie vive, semblable à la morsure du fer dans ses chairs. À intervalles réguliers, les images montaient à l'assaut de son esprit tourmenté.

Flous d'abord, les visages se précisaient peu à peu. Thibault se voyait cerné par une armée d'épouvantails de glaise, dont les traits paraissaient fondre sous la chaleur du soleil. Ils jaillissaient du sol boueux, se relevaient péniblement puis s'animaient. Le décor se précisait, les silhouettes levaient leurs épieux...

Un à un, l'écuyer pouvait reconnaître les routiers qui les avaient surpris, lui et son maître. Il entendait leurs cris, tandis qu'une pluie de coups s'abattait sur le chevalier. Les montures se cabraient, dans un concert de hennissements. L'étalon de Jehan de Kermarec frappait et ruait des quatre fers. Ses coups heurtaient quelques assaillants, fracassant les crânes et enfonçant les côtes. Les hommes roulaient au sol sans une plainte, mais ils étaient trop nombreux, et redoublaient d'ardeur. Thibault luttait pour ne pas perdre le contrôle de sa jument. Affolée, cette dernière roulait des yeux fous, cherchant une ouverture. L'écuyer serrait désespérément les cuisses pour ne pas vider les étriers. Le cheval effectuait de brusques soubresauts, envoyant voler de longs filets de bave, qui aveuglaient son cavalier. Il devinait l'éclair des lames qu'on cherchait à glisser sous les attaches de sa selle, il fouettait au hasard, cinglant l'air de ses rênes...

Le temps s'arrêtait soudain.

À travers un brouillard confus, Thibault percevait la plainte rauque du cheval de Jehan quand ce dernier avait été désarçonné. Au ralenti, les courroies découpées cédaient dans un claquement sec, la selle se détachait. Le corps caparaçonné du chevalier basculait pour s'affaler sur le sol. De Kermarec, étourdi par le choc, restait immobile. Aussitôt, la meute des assaillants se jetait sur lui, le recouvrait, l'immobilisait. De Kermarec cherchait en vain à saisir la garde de son épée. Déjà, leurs armes s'immisçaient dans les interstices de l'armure...

C'est à ce moment-là que la terreur s'emparait de l'écuyer. Thibault éperonnait sa monture et plongeait à travers le sous bois. Insensible aux branches basses qui lui fouettaient le visage, il s'enfonçait dans les ténèbres de la forêt. Il galopait, la peur au ventre...

... et s'éveillait dans un cri, à jamais figé dans sa gorge comme le témoignage de sa honte.

L'écuyer avait fui.

Jamais il ne serait chevalier.

Chaque nuit, Thibault suffoquait et jaillissait du cauchemar comme un plongeur à bout de souffle. Il grelottait ensuite pendant des heures, recroquevillé dans ses couvertures, les bras serrés autour des genoux. Attendant un sommeil qui jamais ne venait. Les yeux rougis de fatigue, l'écuyer fixait la nuit opaque, comptant les étoiles, leur donnant des noms. Il luttait pour ne pas ressasser les épisodes qui avaient suivi le tragique guet-apens, mais rien n'y faisait et l'aube le trouvait ainsi prostré.

Alors, le jeune homme s'ébrouait et partait équiper sa jument de bât pour lui assujettir solidement l'armure de son maître défunt. Il fixait avec soin le caparaçon de son étalon et flattait la bête qui ne goûtait guère ce changement de propriétaire. Le regard du jeune homme s'attardait chaque fois sur l'écu de sable au pal d'argent, accroché à la selle. Thibault, meurtri et humilié, jouait alors nerveusement des maxillaires. Les armoiries de Jehan de Kermarec venaient lui rappeler la triste vérité : *il avait fui ce soir-là*.

L'écuyer avait chevauché jusqu'à l'épuisement, pour s'abattre au cœur d'une clairière envahie de mousses et de bruyères. Le souffle court, il avait attendu la nuit, incapable de prendre une décision. Les images tournoyaient sous ses paupières : Jehan de Kermarec était tombé au combat et Thibault n'avait pas joué son rôle. Plutôt que de sauter à bas de sa monture et de l'aider à se relever, il avait cédé à un accès de lâcheté. Il avait abandonné son maître aux mains des routiers. Lui, le jeune homme fougueux qui se rêvait chevalier, il avait révélé sa véritable nature en faisant montre de couardise.

Il s'était fustigé pendant des heures, la bouche envahie par la bile, mais le mal était fait. Le sort en était jeté.

Il hésitait, torturé par des sentiments contradictoires. Fallait-il se morigéner pour n'avoir pas péri au côté de son maître ou se féliciter d'être toujours en vie ? Il ne trouvait pas la réponse et errait, hagard, au centre de la clairière. Les gueules grimaçantes des routiers tourbillonnaient devant ses yeux. Thibault serrait les poings et hurlait sa rage. Avant la nuit tombée, il finit pourtant par remonter en selle.

Sa décision était prise.

CHAPITRE VI

Thibault revint sur ses traces, prenant à rebours le chemin parcouru lors de sa fuite. Il avait recouvert les sabots de sa monture d'une toile épaisse, qui étouffait leur martèlement. Il parvint ainsi à localiser le campement des routiers, attacha sa jument à bonne distance et s'approcha sans bruit. Ses précautions se révélèrent superflues : les malandrins célébraient leur victoire. Ils ripaillaient et leurs rires couvraient les déplacements de l'écuyer. Les brigands avaient allumé un feu de camp avant d'éventrer un tonneau de vin auquel ils puisaient sans compter.

Ils étaient une dizaine, qui se saoulaient en échangeant plaisanteries grasses et hurlements de rire. Thibault s'assura qu'aucun guetteur ne surveillait le campement. Sûrs de leur fait, les brigands s'abrutissaient dans les vapeurs de l'alcool.

Le jeune homme en profita pour se glisser aux abords du campement, rampant dans l'ombre d'un buisson épineux. Un des routiers, une brute édentée au faciès rougeaud, prit appui sur un coude et se leva péniblement :

– La peste soit de ce mauvais vin de messe, éructa-t-il. Le moine était replet, mais il convoyait bien méchante boisson ! Nous aurions dû le saigner, pour lui apprendre à faire vin si aigrelet !

Il promena alentour un regard bovin et soupira :

– Ne tardons pas à rejoindre un village, mes frères : le cidre me manque !

Un autre brigand hocha la tête :

– Pour sûr, Martin, tu as raison. Voilà une méchante piquette, mais réjouis-toi : la chasse a été bonne, et nous ne tarderons plus à rejoindre un hameau. Il nous faut revendre ce bon acier !

Thibault se mordit la langue. L'homme avait désigné d'un mouvement de tête l'armure et l'équipement du chevalier, entassés pêle-mêle près du feu avec les butins de précédentes rapines. Le trésor, cette fois, était conséquent et les hommes s'en réjouissaient : le fer était rare et cher. Nombre de forgerons peu scrupuleux n'hésitaient pas à racheter ces funestes trophées, qu'ils s'empressaient de transformer pour les revendre. Les seigneurs sans terre ne manquaient jamais, quand leur bourse le leur permettait, d'améliorer leur équipement. Les armures fiables étaient convoitées et celle de Jehan de Kermarec était inestimable. C'était un de ces épais caparaçons de sable, qui exigeait de son possesseur une force herculéenne. Le chevalier qui s'y glissait offrait aux regards une silhouette de titan de jais, qui impressionnait ses adversaires. De plus, le harnois se révélait parfait en tournoi : les lances s'y brisaient, les épées rebondissaient avec des bruits sourds… et les jouteurs enrageaient, usant leurs forces en de vains assauts. Combien de fois Jehan de Kermarec avait-il ainsi parcouru la lice en vainqueur, après que ses opposants aient roulé dans la poussière ?

Thibault déglutit péniblement. Une simple chute avait pourtant suffi à foudroyer le colosse. Incapable de se redresser seul, de Kermarec était resté cloué au sol, à la merci d'une dague effilée qu'on avait glissée sous son heaume.

Le jeune homme ferma les yeux pour chasser l'image des brigands exécutant son maître.

Avec un rot sonore, Martin s'était éloigné du feu. Il fourrageait à présent sans vergogne dans sa toison pectorale et ricanait.

– Alors, chevalier ? On a moins fière allure, à présent !

Thibault, incrédule, se contorsionna pour tenter d'apercevoir la scène. Ainsi, son maître était encore en vie ?

Avisant Martin et son interlocuteur, l'écuyer réprima un haut-le-cœur : une main sur la hanche, la brute s'appliquait à pisser sur la dépouille de Jehan de Kermarec. Le corps dénudé du chevalier était suspendu par les pieds à une branche basse, comme un vulgaire faisan. Les brigands avaient récupéré la moindre pièce de son habillement – tout était bon à revendre, même les vilaines pièces de tissu dont de Kermarec se satisfaisait. Thibault fronça les sourcils en découvrant les nombreuses estafilades qui parsemaient le torse du guerrier. Chacune d'entre elles témoignait des tourments auxquels on l'avait soumis avant de l'achever.

Satisfait, le routier ricana, réajusta ses chausses et rejoignit ses complices autour du feu. Au passage, il darda un regard torve en direction du cheval de guerre attaché à l'écart :

– Quant à toi, maudite rosse, tu ne perds rien pour attendre. Si tu ne représentais pas un joli magot, je me serais plût à te saigner, pour te faire payer la mort de Bertrand et Gilles !

Thibault détailla la monture de son maître. L'étalon broutait, insensible aux railleries. On s'était abstenu de le débarrasser de son harnachement : les sabots pouvaient encore se révéler meurtriers et il ne fallait surtout pas risquer d'abîmer une marchandise aussi précieuse.

Thibault en avait assez vu. Il formula une prière muette avant de s'éloigner avec mille précautions. Dans son esprit bouleversé, un plan se mettait en place.

Il lui faudrait user de patience…

L'écuyer revint au milieu de la nuit.

Il se glissa parmi les corps avachis des routiers abrutis de fatigue et de mauvais vin. Ils ronflaient, bouche ouverte, et leurs haleines chargées empuantissaient l'atmosphère. Thibault ne s'attarda pas et se dirigea vers Jehan de Kermarec. Les flammes du feu de camp dessinaient au guerrier un masque mortuaire, au point que l'écuyer eut l'impression fugitive que son maître allait ouvrir les yeux et revenir à la vie. Il chassa cette image, et s'empressa de trancher les liens qui retenaient le chevalier. Il fit glisser sa dépouille au sol, avant de le rhabiller. Puis il s'approcha du cheval de guerre qui le reconnut et frémit. Thibault lui flatta l'encolure pour l'apaiser.

Il effectua ensuite quelques va-et-vient au milieu du campement pour récupérer l'armure, l'écu et les armes du chevalier. Aucun des hommes ne perçut sa présence. L'écuyer chargea le cheval puis s'empara de ses rênes pour le mener hors de la clairière. Parvenu à couvert, il hésita, avant de se raviser et de faire demi-tour.

Il saisit son poignard et s'approcha de Martin. Le routier était plongé dans un sommeil profond, proche du coma. Thibault s'agenouilla près de lui et lui plaqua une main sur la bouche. La brute écarquilla les yeux et tenta de se débattre, mais Thibault s'était agenouillé en travers de sa poitrine, pesant de tout son poids pour l'immobiliser. Martin réalisa soudain ce qui lui arrivait. Il voulut gémir mais ne produisit qu'un gargouillis inarticulé, tandis que sa vie s'échappait en flots bouillonnants. Thibault brandit sa dague poisseuse devant le visage de son adversaire.

Il se pencha sur lui :

– Inutile de crier, lui souffla-t-il, tu es bientôt mort. Je voulais que tu saches le plaisir que j'ai eu à t'égorger.

La respiration du routier était saccadée, ses forces l'abandonnaient par la plaie béante. Ses yeux devinrent vitreux et ses muscles se détendirent.

Thibault se redressa. Il contempla les autres vagabonds gisant là, inconscients du danger. À sa merci. L'écuyer esquissa un sourire, puis il entama un ballet de sang et de mort, glissant de l'un à l'autre. Il se laissait gagner par une frénésie qu'il ignorait jusqu'alors. Il égorgeait, écrasait sa paume sur les lèvres de ses victimes avant de les éventrer. Il procédait avec lenteur et sadisme, savourant sa vengeance. Son poignard crevait les chairs, traçant son sillon sanglant jusqu'au cœur des hommes qui, tous, mourraient sans avoir compris leur sort.

Quand sa dernière victime eut rendu l'âme, Thibault lâcha son arme et s'éloigna du carnage en titubant. Sa chemise collait à sa peau et ses avant-bras étaient gluants. Il se sentait las et nauséeux. Il rassembla ses dernières forces et partit à la recherche de grosses pierres, dont il recouvrit le corps de Jehan de Kermarec.

L'aube était encore loin, et les braises du feu bientôt mourantes. Un frôlement, dans les buissons, attira soudain l'attention du jeune homme. Le cheval de guerre hennit à son tour, comme en écho.

Thibault étouffa un juron.

Les loups ! Ils tournaient probablement autour du campement depuis longtemps, mais le feu les avait tenus à l'écart. À présent que le foyer s'épuisait, ils s'enhardissaient. Bientôt, l'odeur du sang les rendrait fous et ils n'hésiteraient plus à bondir. Sans plus attendre, l'écuyer saisit une branche enflammée et courut vers l'étalon. Il sauta en selle et fouetta sa monture. Dans son dos, des glapissements se firent entendre.

Les éclaireurs appelaient la meute.

Ce soir, les seigneurs de la forêt dîneraient d'abondance.

CHAPITRE VII

Thibault traversa la forêt à vive allure. Il ne ralentit qu'en arrivant auprès de sa jument. Il allégea son étalon, installa la lourde armure et ses affaires sur son cheval de bât, dont il noua la longe à sa selle, puis il rejoignit la lisière du bois.

Avant de sortir à découvert, il fit halte au bord d'un ruisseau et entreprit de rincer ses vêtements à grande eau. On ne manquerait pas de s'interroger en découvrant le spectacle de ce cavalier couvert de sang des pieds à la tête…

La lune blême éclairait les lieux. Thibault observa son reflet sur l'eau. Le courant, en emportant le sang de ses adversaires, le lavait de ses remords.

Quand il jugea satisfaisant l'état de son costume, il l'enfila à nouveau sans prendre la peine de le faire sécher et reprit la route. La toile ruisselait, mais Thibault n'en avait cure. Seule lui importait la distance qui le séparait du lieu de son méfait. Il savait avoir agi sans gloire, mais s'en moquait éperdument. À tout prendre, il préférait cette victoire acquise avec ruse. Il frissonna en songeant qu'il aurait pu finir au côté du chevalier, sous les lames des routiers.

Il chevaucha le reste de la nuit et s'arrêta au bord du chemin, épuisé. Il mit pied à terre et s'accorda une pause. Adossé à un chêne, il ferma les yeux et tenta de faire le point. L'heure était grave : il allait par les chemins avec un cheval et une armure qui ne lui appartenaient pas. Si on le découvrait ainsi, on le soupçonnerait d'avoir assassiné son maître pour lui dérober ses possessions. Et même s'il se livrait, au prochain village, qui le croirait ? Qui accepterait sa version ? Quel bourgmestre admettrait qu'un écuyer si jeune puisse venir à bout d'une bande de routiers ?

Il secoua la tête, vaincu.

Non, décidément, sa situation était insoluble.

Jamais il ne serait chevalier…

Il rumina cette funeste pensée pendant un long moment. L'idée finit par s'imposer d'elle-même. Il se crut d'abord victime de divagations, mais dut se rendre à l'évidence.

Et pourquoi pas ?

Il secoua la tête : non, ce n'était pas possible, il ne pouvait pas se laisser aller à pareille vilenie ! Pourtant… Une voix aigrelette chantonnait sous son crâne douloureux. « Tu peux le faire ! » disait-elle, aguicheuse. Thibault luttait, incapable de se résoudre à une telle action. Jamais il ne s'abaisserait à une telle mascarade ! Mais la voix revenait à la charge et sa litanie sournoise s'imposait : « Qui a entendu parler de Jehan de Kermarec, ce chevalier sans terre qui loue son épée au plus offrant ? Qui connaît ce mercenaire contraint de participer à des tournois pour assurer sa maigre pitance ? *Qui* ? »

Thibault se savait à la dérive. Endosser la personnalité de son maître – sans avoir été adoubé par l'un de ses pairs ! – était inconcevable. Le seul fait de porter l'épée sans être chevalier était un crime puni de mort. S'il venait à être découvert, on le jugerait aussitôt, il serait condamné et exécuté.

Las, c'était son unique chance de survivre.

Il lança un regard éperdu en direction de l'équipement du chevalier. Il se savait capable de manier l'épée. Il s'entraînait depuis longtemps déjà avec son maître, qui testait sur lui de nouvelles attaques et parades. Il montait très bien à cheval, et ne craignait pas de participer à quelque tournoi de village. Oui, il possédait toutes les qualités pour être chevalier… Ne manquaient que les faits d'armes, les raisons pour lesquelles un seigneur choisirait de l'accueillir parmi les siens !

Ses yeux s'appesantirent sur l'armure noire. Le caparaçon de sable était là, qui semblait se moquer de lui. Il considéra le harnois avec circonspection : jamais il n'aurait la force de se glisser à l'intérieur et de s'en accommoder. Il ne possédait pas la musculature de Jehan de Kermarec et s'effondrerait à la première charge, incapable de tenir debout. L'usurpateur connaîtrait à son tour le sort de son maître…

Il se perdit encore un long moment dans ses réflexions tourmentées. Un goût de cendres lui avait envahi la bouche. Il se redressa et fit quelques mouvements d'assouplissement avant de remonter en selle. Ses jambes étaient comme plombées. Ses épaules le faisaient souffrir et son poignet était meurtri d'avoir trop manié la dague cette nuit, mais peu importait : il avait vengé Jehan de Kermarec et plus personne n'était là pour mettre en doute sa parole. Il avait lavé l'affront dans le sang. Il tenait son fait d'armes ! *Il serait chevalier, à partir d'aujourd'hui*. Il le méritait, après tout !

L'aube pointait à présent. Thibault étouffa un ricanement triste et mena son cheval sur le chemin.

Il s'interdit de tourner les yeux en direction du carnage. Là-bas, dans la clairière, les loups achevaient probablement de festoyer.

Comme pour confirmer ses doutes, un concert de hurlements s'éleva. Le jeune homme n'aurait su dire s'il s'agissait de cris de victoire ou de reconnaissance…

Près de son genou, l'écu de sable au pal d'argent claquait contre le pommeau de la selle. Thibault soupira. La journée s'annonçait belle.

L'écuyer se savait à l'aube d'une existence nouvelle.

Chapitre VIII

Thibault s'empressa de quitter la forêt. Il lança l'étalon sur les routes du nord ouest en direction des côtes. Le jeune homme espérait trouver à louer ses services dans une ville portuaire : les convois étaient nombreux dans le pays, qui reliaient entre autres Saint Brieuc à Lamballe. Le commerce du tissu prospérait, les échanges allaient bon train. Si les marchands les plus riches possédaient leur propre escorte, d'autres seraient moins regardants. Alors, peut-être, ce paladin aux joues creuses, aux épaules frêles, trouverait-il mission.

Les engagements étaient courts, les risques minimes. Quelques jours de cheval suffisaient à les honorer et la seule vue d'un chevalier en armure tenait les éventuels assaillants en respect – du moins, c'était ce qu'avait toujours affirmé son défunt maître. Thibault cherchait à s'en persuader de toutes ses forces, tandis que l'image de Jehan de Kermarec vidant les étriers dansait devant ses yeux.

L'écuyer serra les dents et força l'allure.

Il se devait de réagir, *il avait choisi*. Il lui faudrait apprendre à tenir son rôle. Durcir le ton, se composer un masque de guerrier… et s'entraîner, à la première occasion. Chaque fois qu'il accordait une pause à ses bêtes fourbues, le jeune homme dégainait la lourde épée de Kermarec et moulinait, fendant l'air en ahanant, répétant inlassablement attaques et parades.

Il évitait les bourgades, n'effectuant de haltes que dans les hameaux, où les fermes isolées. Là, son étalon farouche et son équipement imposaient le respect. Les paysans parlaient peu : ils n'avaient point d'entendement pour les choses de la guerre et craignaient les réactions des chevaliers. Les seigneurs guerriers étaient plus réputés pour leurs caractères imprévisibles et leurs réactions violentes que pour les faits colportés à travers les chansons de gestes. On considérait donc en fronçant les sourcils ce cavalier si jeune, qui caracolait sur une monture puissante, à la robe noire comme le péché. On l'accueillait toutefois avec le respect dû à son rang et Thibault récompensait généreusement les services rendus. Las, les maigres économies de Jehan de Kermarec s'épuisèrent, fondant à vue dans son escarcelle.

Thibault dut se résoudre à espacer ses moments de repos. Il lui arrivait souvent de chercher refuge au fond d'une grotte, où il passait une nuit difficile. Il sursautait dans son sommeil, s'inquiétait soudain de l'entretien du feu, nécessaire à tenir les prédateurs à distance. Il lui fallait aussi s'assurer du bien-être de ses chevaux qui n'appréciaient guère ces nuits glacées, leur préférant de loin la tiédeur d'une écurie.

L'écuyer se renfrognait chaque jour un peu plus. Le matin le trouvait grelottant, les tempes bourdonnantes, serré dans de maigres couvertures alourdies de rosée. Perclus de courbatures, il se perdait en longues rêveries et devait se faire violence pour reprendre le chemin.

Il fut tenté à maintes reprises de tout abandonner : il lui suffirait d'enterrer les posses-sions de Jehan de Kermarec, de rejoindre un village ou un château et d'attendre un tournoi. Là, ce serait bien le diable s'il ne parvenait pas à se faire engager par un chevalier. Il excellait dans l'entretien des armures et possédait quelques connaissances de médecine, deux qualités prisées par les paladins qui tournoyaient sans relâche. L'idée l'effleurait, séduisante, elle rôdait en lisière de son esprit, ensorceleuse... Mais Thibault la chassait d'un mouvement rageur: non, ce n'était plus possible, il était trop tard. *Il ne serait plus écuyer.* Il ne pouvait se résoudre à redevenir l'ombre d'un guerrier, le fidèle suivant d'un preux, le porte-chausses...

Le ciel avait voulu lui laisser l'opportunité de prouver sa valeur, il saurait saisir sa chance.

Il fut enfin à Saint Brieuc et se fit embaucher par un maître drapier soucieux de rapporter à Lamballe ses marchandises achetées à prix d'or. Le convoi était de peu d'importance: trois roulottes tirées par des bœufs.

Maître Lebihan avait pris place en tête, au côté de son aide, un jeune homme discret et peu causant. Deux vieux tisserands, taciturnes eux aussi, guidaient les roulottes à l'arrière. Thibault avait attaché sa jument en queue du dernier véhicule. Il avait délesté la bête en entreposant ses affaires dans le chariot et chevauchait au pas, surveillant les alentours. Il ne s'était pas revêtu de la lourde armure, lui préférant une cotte plus légère et le heaume de sable lui donnait un air farouche.

Maître Lebihan s'enorgueillissait de la présence du chevalier. Le commerçant s'était montré pingre, négociant les soldes de son escorte : les guerriers aguerris avaient tous décliné ses offres et il pensait devoir affronter seul les dangers de la route quand ce providentiel cavalier était arrivé. Peu regardant, Jehan de Kermarec avait accepté son offre :

– Je fais route vers Moncontour, avait-il déclaré. J'y suis attendu pour une autre mission, dans une semaine. Je peux donc faire le détour par Lamballe.

Lebihan avait accéléré les préparatifs. On ne laissait pas filer pareille occasion ! Il rêvait déjà de l'accueil qu'on ne manquerait pas de lui réserver à Lamballe, à la vue de son convoi en si bonne compagnie.

La route était rectiligne, et filait à travers les collines. Elle était bordée de buissons de genêts et traversait une forêt touffue. Thibault s'était mordu la langue après quelques heures de route. L'endroit était propice à embuscade, il offrait de nombreuses possibilités de guet-apens. Le jeune homme restait donc sur ses gardes et lançait de fréquents coups d'œil vers les zones trop sombres. Il croyait voir se dessiner dans les branchages les silhouettes de routiers, prêts à fondre sur le cavalier au passage du convoi.

De son côté, le maître drapier ne cessait de pérorer, saoulant Thibault de son perpétuel babillage. On eut dit une de ces vieilles bretonnes, figées au bord des falaises dans l'attente du retour des navires. Maître Lebihan était intarissable : il soliloquait, comparant les diverses techniques de ses concurrents pour conclure qu'il était le seul à fabriquer une toile digne de ce nom.

Thibault se contentait de hocher la tête par intermittence pour ne pas froisser son employeur. Parfois, il prétextait une reconnaissance pour lancer sa bête en avant et s'accorder une courte pause. Il inspectait les alentours, s'aventurait parfois sous les frondaisons puis réapparaissait sur la route sous le regard admiratif de Lebihan. Il s'appliquait surtout à chasser ses propres démons : Thibault avait peur, il se savait à deux doigts de céder à la panique.

Le jeune homme était pour la première fois confronté au danger. Il avait toujours chevauché dans les traces d'un titan et se retrouvait seul, aujourd'hui. Il ignorait tout de ses réactions en cas d'attaque.

Il tressaillit quand les cris montèrent du sous-bois.

Chapitre IX

Son cheval se cabra brusquement. Thibault dut serrer les genoux pour le maîtriser. Il piqua des deux et amena la bête à se positionner en travers du chemin. Maître Lebihan avait blêmi. Le commerçant avait crispé la main sur l'avant-bras de son cocher, et jetait alentour des regards éperdus :

– Quoi ? Qui va là ? croassa-t-il.

Le convoi avait stoppé net sur la route. Thibault hésitait. Il tira son épée et fit avancer sa monture de quelques pas vers le rideau de verdure. Il s'attendait à voir s'écarter les branchages, il devinait déjà les hurlements des assaillants :

– Montrez-vous ! aboya-t-il. Je suis Jehan de Kermarec !

Le buisson fut agité de tremblements, une forme s'avançait. Thibault levait déjà son arme, quand une jeune femme à demie dévêtue apparut dans la lumière du chemin. Elle tremblait et son visage ruisselait de larmes :

– Sauvez-moi, chevalier ! De grâce, ne m'abandonnez pas sur ce chemin ! Je… Ils sont là, non loin, *ils me cherchent* !

Thibault se sentit parfaitement ridicule. Incrédule, il fixait la nouvelle venue, qui devait être un peu plus âgée que lui. Elle ne portait qu'une pauvre jupe de paysanne et son corsage défait laissait deviner la courbe d'un sein blanc. Ses cheveux bruns encadraient un visage aux traits fins. Elle s'approcha de lui et chercha des yeux le regard de Thibault.

– Pour l'amour du ciel…

Thibault ne savait que faire.

Dans son dos, la voix de Lebihan éclata :

– Laissez-la ! Je ne vous paye pas pour assurer la protection d'une gueuse ! Reprenons la route sur l'heure : si, comme elle le dit, la drôlesse est poursuivie, les vilains seront bientôt sur nous !

Thibault se raidit. Il fit volte-face, releva la visière de son heaume et toisa le maître drapier :

– Qui êtes-vous pour me parler sur ce ton ? Ne savez-vous pas à qui vous vous adressez ?

Il avait aboyé, et se surprit de sa propre audace. Il allait se reprendre, mais avisa Lebihan qui restait bouche bée. Les yeux écarquillés du drapier allaient du chevalier à la jeune femme :

– Que… que voulez-vous dire ?

Thibault l'ignora avec dédain.

– Monte dans le troisième chariot, glissa-t-il à la fille.

Dès qu'elle se fut exécutée, il donna l'ordre du départ. Les cochers ne se firent pas prier. Ils fouettèrent les bœufs, qui reprirent la route.

Thibault protégeait les arrières du convoi. Il suait sous sa lourde armure. Il pouvait sentir ses cheveux agglutinés dans sa nuque et les gouttes salées qui transperçaient ses sourcils lui irritaient les yeux. Il passa la langue sur ses lèvres sèches et s'efforça de ne rien laisser paraître de son trouble : il y était, cette fois.

Il allait vivre son premier combat.

Il suivait à distance la petite troupe, effectuant régulièrement des demi-tours nerveux. Le cheval piaffait, conscient de l'excitation de son maître. Lui aussi sentait le combat imminent. Ils progressèrent ainsi, dans le martèlement de tonnerre des sabots sur les pierres du chemin.

Contre toute attente, rien ne se passa pourtant.

Le convoi s'arrêta après plusieurs heures éprouvantes. Il bifurqua sur un sentier, quitta la route et trouva refuge dans une clairière accueillante. Lebihan s'était détendu. Ses aides dressèrent un campement de fortune, puis ils allumèrent un feu. Ils se regroupèrent autour des flammes, et se perdirent dans la contemplation du foyer crépitant.

Thibault se tenait à l'écart. Il avait attaché son cheval et s'était débarrassé de son lourd caparaçon. Après avoir quitté sa chemise trempée, il s'était emparé d'une gourde et s'appliquait à se rincer le visage et le torse, goûtant les premiers instants de sa liberté retrouvée. Il ne s'était pas encore habitué au port de l'armure, qu'il vivait comme une incarcération douloureuse. Chaque fois qu'il se glissait à l'intérieur d'un de ces carcans d'acier, il s'imaginait enfermé dans un cercueil lesté de plomb. Il fit en grimaçant quelques mouvements d'assouplissement et se décida à rejoindre le groupe.

Maître Lebihan et ses acolytes devisaient gaiement avec la belle. Cette dernière tourna vers Thibault un visage étonné :

– Chevalier…

Thibault sentit ses oreilles s'empourprer. La gueuse était belle et son sourire resplendissant. Elle laissait aller ses yeux sur la poitrine du garçon et s'amusait de sa gêne manifeste. Thibault déglutit :

– Oui, que désirez-vous ?

Il maudit son timbre trop haut perché. Il aurait voulu posséder la voix rocailleuse des aventuriers aguerris, plutôt que ce filet de voix – *ce chant de puceau*, aurait dit Kermarec ! La jeune femme n'y prêta pas garde et se releva d'un bond. Elle fut devant lui en quelques pas et le dévisagea avec insistance. Elle affichait un air mutin.

– Je voulais vous remercier.

Thibault baissa les yeux en secouant la tête :

– Non, ce n'est pas la p…

Elle l'interrompit en se dressant sur la pointe des pieds pour déposer un baiser délicat à la commissure de ses lèvres. Il se figea, tandis que la belle, satisfaite, reculait prestement pour reprendre sa place autour du feu. Elle laissa fuser un rire cristallin.

Lebihan se joignit à elle dans un grand éclat de rire :

– Force nous est d'avouer, mes amis, que le chevalier de Kermarec présente bien belle figure, en comparaison des autres guerriers qui sillonnent le pays ! La belle ne s'y sera pas trompée.

Les trois autres hommes acquiescèrent avec des rictus de connivence. Lebihan venait de moucher ce chevalier arrogant qui lui avait tenu tête plus tôt ! Il affectait la morgue des vieux combattants, mais son corps vierge de toute cicatrice trahissait son inexpérience. Un véritable paladin arborait les témoignages de combats épiques, ses prouesses devaient pouvoir se lire au travers de multiples plaies, recousues sur les lieux même du champ de bataille. Les chevaliers se reconnaissaient à leurs blessures, à leur visage, leurs bras couturés ! Il ne pouvait y avoir le moindre doute : celui-ci n'était qu'un apprenti, un gamin fraîchement adoubé qui devait encore faire ses preuves.

Thibault ne prêta pas attention au drapier et choisit de s'installer de l'autre côté du feu. Il se réchauffa un moment avant d'ajouter :

– Vous pouvez vous reposer, je monterai la garde cette nuit.

Lebihan grogna quelques mots inintelligibles, dont Thibault devina le sens : *et quoi* ? Le mercenaire s'imaginait-il pouvoir se reposer ? Pourquoi le payait-on ?

Le jeune homme dîna, déclina le vin qu'on lui offrait et partit s'installer non loin de son cheval. La bête était vigilante elle aussi, elle ne manquerait pas de hennir à la moindre menace. Autour du feu, les conversations allaient bon train. Ninon avait jaugé son assistance : les drapiers étaient sensibles à ses charmes et cherchaient à monopoliser son attention. Thibault sourit devant cet étalage de bêtise. Tous les hommes se livraient une joute sans merci pour s'attirer les faveurs de la belle. On eût dit quelque tournoi, dans lequel les langues tenaient lieu d'épée.

L'écuyer secoua la tête de droite et de gauche, méprisant. Même Lebihan semblait y trouver son compte ! Ils écoutaient religieusement Ninon raconter comment elle avait été assaillie, en compagnie d'un groupe de pèlerins, par des rotiers qui les avaient menés à l'écart pour les dépouiller. Des hommes du groupe s'étaient rebellés, qu'on avait massacrés. Elle avait profité de la diversion pour s'enfuir.

Lebihan et ses hommes feignaient de s'apitoyer sur le sort des malheureux, mais leurs déclarations sonnaient faux. Ils dévoraient la jeune femme des yeux, leurs respirations se faisaient lourdes.

– Sinon, ajouta-t-elle dans un souffle, Dieu seul sait quelle infamie me réservaient ces brutes…

Thibault ricanait, tandis que le groupe de benêts hochait sentencieusement la tête. La belle était douée, elle savait captiver son auditoire ! Il ne devait s'agir que d'une ribaude parmi d'autres, qui s'était égarée sur le chemin et avait vu l'occasion de voyager à l'œil, en profitant de l'escorte. Il ferma les yeux et soupira. La jeune femme possédait cependant des charmes indéniables, mais l'heure n'était, hélas, pas à la gaudriole…

La nuit tomba, et les hommes ne tardèrent pas à s'endormir dans un concert de ronflements. Lebihan avait bien tenté de s'attirer les faveurs de Ninon – après tout, c'était *son* convoi ! – mais la jeune femme l'avait habilement repoussé. Ils dormaient tous à présent.

Thibault s'ébroua et se releva. Le froid commençait à l'ankyloser. Il ne voulait sous aucun prétexte céder au sommeil. Il imaginait déjà les commentaires acerbes de son employeur, s'il était surpris en flagrant délit de laisser-aller.

Un frôlement, dans son dos, le mit en alerte.

Chapitre X

Thibault fit volte-face et se rasséréna aussitôt. Ninon arrivait en souriant, ses longs cheveux cascadaient sur ses épaules. Il la trouva encore plus belle sous l'éclairage de la lune.

– Je vous ai fait peur, chevalier… murmura-t-elle, provocante.

Thibault haussa les épaules avec lassitude :

– Rassurez-vous, il m'en faut plus.

Elle rit et s'approcha davantage.

– Je n'ai pas pris le temps de vous remercier…

Il pouvait sentir son souffle léger sur ses joues. Elle passa les bras autour de son cou et l'embrassa. Ses lèvres étaient chaudes, elles avaient un goût de fruit. Elle plaqua son corps contre celui de Thibault et l'attira vers le sol.

– Pas ici, gémit-il.

– Ne t'en fais pas, glissa-t-elle entre deux

baisers, ils dorment tous à poings fermés.

Elle écrasa sa bouche sur la sienne, pointa une langue experte et noua ses jambes dans son dos. Thibault écarta le chemisier de la jeune femme, révélant la courbe parfaite d'un sein. Il plongea le visage dans son décolleté, ferma les yeux et s'abandonna.

Ils firent l'amour avec passion. Ninon revint plusieurs fois à la charge, s'appliquant à réveiller ses ardeurs. Thibault se laissa entraîner dans un tourbillon de plaisir. Il se sentait vivant à nouveau, loin des angoisses qui l'oppressaient depuis des jours… Ils restèrent là, enlacés, à contempler les étoiles. Ils chuchotaient, complices et riaient ensemble de tout et de rien. Thibault était redevenu, l'espace de quelques heures, un jeune homme insouciant.

Le sommeil le surprit tandis que les dernières étoiles s'effaçaient et que les braises du foyer achevaient de se consumer.

Chapitre XI

– Ne bouge pas !

L'ordre avait claqué dans le silence de la clairière, chassant au loin les dernières bribes de sommeil. Thibault se raidit. Il sut d'instinct qu'il ne fallait pas esquisser le plus petit mouvement : le fil du poignard pesait déjà sur sa gorge. Une goutte de sang perla sur sa peau et vint rouler jusqu'au creux de son épaule.

Lentement, l'écuyer entrouvrit les yeux pour découvrir la forme penchée au-dessus de lui. L'homme était large d'épaules, il étreignait d'une main puissante la chemise du jeune homme tandis que de l'autre il faisait jouer la lame d'un poignard sur sa chair. C'était là tout ce que Thibault pouvait deviner. Son adversaire le surplombait, il se découpait en ombre chinoise dans le soleil.

– Alors, mignon, la nuit a été bonne, mmmh ?

Ninon sait y faire, hein ? Elle s'y entend pour donner du plaisir…

Avisant l'air ahuri de sa victime, le colosse fit entendre un rire caverneux, révélant une dentition gâtée. Pétrifié, Thibault n'osait esquisser le moindre mouvement. Une sueur glacée lui noyait les omoplates. Il réalisa que ses mains étaient agitées de tremblements convulsifs. Un flot d'images lui revenait en mémoire : *Ninon apeurée, Ninon qui offrait à boire aux hommes, qui s'approchait de lui, qui pressait ses lèvres sur les siennes…*

Quel imbécile ! Il s'était laissé berner comme un enfant. Quelque part, sur sa gauche, la voix de la jeune femme retentit :

– C'est bon, Taureau. Nous avons ce que nous voulions.

Sans desserrer sa prise, l'homme se redressa. Thibault pendait à présent au bout du bras du géant, aussi inoffensif qu'un nouveau-né. L'homme le dévisagea, ironique.

– Un bien beau chevalier que voilà ! grasseya-t-il.

Il s'interrompit, parut hésiter une seconde.

– Je lui crèverais bien la panse, ajouta-t-il, goguenard.

– N'en fais rien !

Taureau, avec un rictus mauvais, coula vers Ninon un regard de braise :

– Et quoi, la gueuse ? T'aurait-il donné plus de plaisir que n'importe lequel d'entre nous ?

Thibault ne parvenait pas à détacher son regard de son tourmenteur. Il percevait des mouvements à l'entour, et estima que la bande était composée de deux ou trois hommes qui entouraient Ninon. Cette dernière fit un pas en avant :

– Lucas, je t'en prie…

Surpris, l'homme manqua relâcher Thibault :

– Holà ! s'écria-t-il, voilà que tu m'appelles par mon nom ! Faut-il qu'il t'ait tourné les sens !

D'autres hommes, dont Thibault ne pouvait voir les visages, s'esclaffèrent, complices. Taureau rangea sa lame et approcha son visage de celui de son prisonnier :

– Voyons donc quelle surprise le damoiseau nous réserve.

Il saisit la chemise de l'écuyer et l'arracha d'un geste violent. Thibault se retrouva nu au milieu de la clairière. Les brigands se gaussaient de leur proie dans un concert de rires. Taureau, hilare, se pencha vers lui pour détailler son anatomie :

– Ah ça ! Voilà bien de quoi faire un drame !

Ninon intervint à nouveau :

– Il suffit, à présent ! s'écria-t-elle.

Les mains posées sur les hanches, elle dévisageait Taureau, un sourire faussement angélique plaqué sur les lèvres. Le colosse parut vaciller. Il se voûta, et dansa d'un pied sur l'autre. La scène était incongrue : on eût dit qu'une dresseuse lilliputienne tenait en respect un ours des montagnes.

Thibault en profita pour se relever. Il balaya la clairière du regard. Les corps inertes de Maître Lebihan et de ses acolytes gisaient au sol. Des flaques sombres s'étalaient sous leurs gorges, maculant les chemises de croûtes bientôt noircies.

– Qu'avez-vous fait ? coassa l'écuyer.

– Tu le vois bien, joli prince : nous avons libéré ces hommes du poids de la vie !

Ninon s'approcha de lui. Elle minaudait, roulant des hanches pour adopter des postures lascives :

– Je leur ai servi du vin, en bonne petite paysanne soumise…

Elle faisait danser au bout de ses doigts un petit sachet de tissu sombre, fermé par un cordon de cuir. Thibault, incrédule, secouait la tête de droite et de gauche. Ninon se pencha vers lui et prit une moue peinée :

– Hélas, hélas ! Le petit chevalier vertueux n'a pas voulu boire le vin ! Il a fallu employer d'autres moyens pour venir à bout de sa résistance…

Taureau intervint, l'œil noir :

– Et tu n'as pas eu à t'en plaindre, bougresse !

Ninon fit volte-face. Elle répondit vertement, mais Thibault ne l'entendit pas. Ses oreilles bourdonnaient, sa vue se troublait. *Pauvre idiot* ! Il s'était donné en spectacle ! Sa romance n'avait été qu'une partie de jambes en l'air grotesque, une pauvre représentation devant des spectateurs hilares ! Il imaginait les trognes réjouies des brigands, qui devaient se délecter des prouesses de leur complice…

Ses jambes manquèrent se dérober mais Thibault, dans un subit accès de rage, se jeta vers Taureau en hurlant de rage.

Le géant se contenta d'un pas en arrière. Il faisait preuve d'une vivacité étonnante en regard de sa corpulence. L'écuyer ne rencontra que le vide. Taureau, d'un croc-en-jambe habile, l'envoya rouler dans la poussière.

– Voyez-vous cela ! Notre jeune veau se prendrait-il pour un taureau de combat ?

Thibault s'affala sous les quolibets. Il se redressa près de maître Lebihan et découvrit la plaie béante sous le menton de son employeur. Ninon et ses complices n'avaient pas fait de détail, égorgeant les quatre malheureux dans leur sommeil. L'écuyer avisa leurs traits détendus :

abrutis par la drogue, ils n'avaient rien senti. Maigre consolation…

Effondré, le jeune homme se recroquevilla, les mains serrées autour des genoux. Du coin de l'œil, il aperçut l'éclat du poignard de Taureau. Le géant approchait, menaçant :

– *À ton tour*, mignon.

Chapitre XII

La brute empoigna Thibault par les cheveux et le força à s'agenouiller. Quand il leva son poignard quelque chose se brisa dans le cerveau du jeune homme qui, au comble de la terreur, s'entendit crier :

– Ne me tuez pas ! Je ne dirai rien…

Taureau suspendit son geste, interloqué :

– Ah oui ? Et que feras-tu dès que nous aurons tourné les talons ? Nous le savons toi et moi, beau sire : tu iras quérir tes pairs, et vous nous donnerez la chasse, voilà tout !

– Non, je n'en ferai rien !

Thibault bafouillait, les larmes emplissaient ses yeux. Il sentit l'humidité envahir ses chausses : il s'humiliait, mais n'en avait cure. *Il voulait vivre*, plus rien ne comptait.

Taureau le singea de façon grotesque. Il se

tortillait, une main entre les cuisses et se mordait la lèvre inférieure en singeant une grimace enfantine. Il lança d'une voix suraiguë :

– Tiens donc ! Et qu'est-ce qui t'en empêche donc, joli paladin ?

– Je… *Je ne puis.*

L'écuyer baissa la tête :

– Je ne suis pas des leurs…

Thibault avait murmuré les derniers mots comme on livre sa dernière confession, au moment de rendre l'âme. Autour de lui, le temps semblait soudain s'être arrêté.

Taureau l'avait lâché sur le sol.

Thibault n'osait pas se redresser, attendant le verdict de ses bourreaux. Les hommes palabraient à voix basse :

– Crevons-le, il ne nous apportera que des ennuis.

– Il n'en est pas question, objecta Ninon avec force.

Elle s'agenouilla au côté de Thibault et l'aida à s'asseoir. Il ne lui opposa aucune résistance. Ninon dévisagea ses complices et secoua la tête, butée. Elle se perdit un instant dans ses pensées, puis finit par se fendre d'un sourire éclatant :

– Non, décidément, je crois qu'il y a mieux à faire avec *ce chevalier-là.*

Thibault n'eut aucune réaction. Il ne percevait que de vagues bribes de leur discours et ne s'y intéressait pas. Des étoiles noires explosaient devant ses yeux, pour retomber en nuées aveuglantes. Le front envahi d'une sueur âcre, il se réfugia dans une prostration brumeuse, un état somnambulique, proche de l'hébétude. Il s'était vu mourir, et n'était pas certain d'être toujours en vie. Pour l'heure, il était semblable à ces idiots qui déambulaient dans les rues des grandes villes, la bouche éternellement ouverte sur des mots qui jamais ne franchissaient la frontière de leurs lèvres, le regard perdu sur des horizons qu'ils étaient seuls à percevoir. La réalité ne l'atteignait plus qu'au travers de sons étouffés et d'images diffuses, comme nimbées de brouillard. Il s'abandonnait, résigné, presque serein. *C'était donc ainsi, quand on s'approchait de la mort* ? La belle affaire ! Il ne se verrait même pas partir…

C'est à peine s'il réalisa que Taureau se penchait sur lui pour le relever d'un mouvement sec. Le colosse le remit sur pieds, disposant de lui comme d'un enfant en bas âge. Thibault se laissa guider à travers bois avec un total détachement. Il était sourd, aveugle, il n'était plus là, n'existait plus. Plus rien ne pouvait l'atteindre.

Taureau avait posé sa main sur son épaule et le menait dans l'ombre de la forêt, empruntant des sentiers presque invisibles qui serpentaient dans les hautes fougères.

Ils furent bientôt au bord d'une rivière, dans laquelle Thibault s'avança lentement. Le froid mordit ses chairs, le tirant de son état de stupéfaction. Il prit soudain conscience de s'être avancé jusqu'à mi-cuisse dans l'onde et se raidit.

– Je… je ne sais pas nager, gémit-il.

Dans son dos, la voix de Ninon éclata :

– N'aie crainte, beau sire, il n'y a pas là assez de profondeur pour te noyer. Tu nous es trop précieux !

Thibault, incrédule, fit volte-face. Il grelottait et parlait avec difficultés :

– Que… Qu'attendez-vous de moi ?

– Que tu te laves ! s'esclaffa Taureau. Il nous faut reprendre la route en ta compagnie et tu pues ! Reprends-toi, mon mignon, un *seigneur* de ta condition ne baigne pas dans sa pisse !

Thibault se devina observé par le reste de la bande. Il serra les mâchoires et se plongea dans le courant sans ôter ses vêtements. Le froid lui enserra le front, mais il resta longtemps ainsi, cherchant à laver sa honte dans l'onde claire. « C'est de ta faute, se répétait-il, te voilà ravalé au rang d'assassin. Tu les as rejoints, tu ne vaux pas mieux qu'eux… » Il crispait les mâchoires, tandis que la peur refluait. La ire l'envahissait à présent, tandis qu'il se morigénait en silence. « Tu te rêvais chevalier… Tu as menti, usurpé ton titre ! Ce n'est que justice ! Tu vas marcher à leurs côtés à présent. » Il ramassa des poignées de sable et de gravier et s'en frotta pour se débarrasser de l'odeur de pissat qui imprégnait ses chausses. Il s'immergea totalement et lava ses cheveux poisseux de sueur. « Tu es comme eux, Thibault ! Tu ne peux plus fuir… *Tu es l'un des leurs* ! »

Les mots ricochaient dans son esprit confus. Le froid glacial lui paralysait les membres, mais il ne pouvait se résoudre à rejoindre la berge. Il frottait, frottait de plus belle, cherchant à se libérer de la fange dont il se sentait recouvert. Le geste était puéril, mais il s'y accrochait avec rage. Il repoussait le moment où il devrait rallier la troupe, l'instant maudit où il scellerait son destin en pactisant avec les démons…

Sur la berge, les discussions allaient bon train.

– Le beau chevalier que voilà, ricanait Taureau. Un enfançon fraîchement dépucelé, qui n'y entend rien au métier des armes ! Un piètre menteur, qui ne nous aura pas longtemps voilé son jeu…

Mais Ninon tenait bon. Ses yeux couraient de l'un à l'autre, quémandant le soutien :

– Réfléchissez, pour une fois ! N'est-il pas la caution que nous cherchions depuis si longtemps ?

Les brigands hésitaient. Ils détournaient le regard. Tous semblaient craindre la vindicte de leur chef. Taureau scruta le visage tendu de Ninon et finit par exploser :

– Ah ça, Ninon ? N'est-il pas plutôt la couverture qui te manquait ces dernières nuits ?

Des ricanements de connivence retentirent. Taureau réaffirmait son ascendant sur le groupe. La jeune femme se contenta de hausser les épaules. Elle se leva et toisa toute la bande :

– Dites-lui, vous autres !

Un silence gêné revint. Ninon soupira, s'accroupit à nouveau et reprit à voix basse :

– *Imaginez*, mes frères…

Chapitre XIII

Thibault était transi de froid. La mort dans l'âme, il finit tout de même par quitter la rivière. « Tu te damnes, se répétait-il, tu t'acoquines aux démons… » Ninon jeta une couverture de laine sur les épaules de l'écuyer et on le raccompagna jusqu'au campement, où il se sécha près du feu. Thibault prit soin de ne jamais tourner la tête en direction des corps de Lebihan et de ses hommes. Il s'efforçait déjà de rayer de sa mémoire les faciès exsangues de ses employeurs.

« Tout ceci n'est qu'un mauvais rêve, que tu dois oublier. Une nouvelle vie commence… » La voix résonnait dans son esprit avec des accents de fausset. « Tu apprends vite, songea-t-il, amer, tu te mens déjà. »

Ninon resta près de lui, tandis que les hommes

se chargeaient de faire disparaître dans les fourrés les dépouilles de leurs victimes. La jeune femme aida l'écuyer à s'équiper et, pour la première fois, Thibault prit conscience de son sacrilège : il *se déguisait en* chevalier.

Il se mordit les lèvres au sang : quelle folie l'avait donc poussé à de tels agissements ? Que n'avait-il attendu de rejoindre une ville, pour proposer ses services à un nouveau maître ? À cette heure, il dormirait, paisible, dans l'ombre d'un seigneur guerrier. Il aurait encore une chance d'être un jour adoubé par ses pairs…

Il sentit poindre des larmes de rage et chassa ces funestes pensées d'un mouvement rageur de la tête. L'heure n'était plus aux lamentations. Désormais, il boirait le calice jusqu'à la lie.

Ninon surprit son trouble, et sa voix se fit douce :

– Le marché est simple. Tu resteras le chevalier de Kermarec, et tu voyageras à nos côtés. Nous serons des comédiens, que tu auras engagés pour offrir un spectacle aux seigneurs qui t'accueilleront. Ainsi, tu nous serviras de laissez-passer, quand d'aventure nous croiserons quelque milicien un peu trop regardant.

Elle lui parlait comme à un enfant, mais Thibault ne s'en offusqua pas. Il avait joué, et perdu. Il acceptait son sort comme une punition céleste, qu'il lui faudrait endurer pour expier ses fautes.

Il écouta donc ses conseils avec application, en élève studieux : il avait agi en brigand, il vivrait en brigand.

Quand les hommes furent de retour, Ninon se chargea des présentations :

– Tu le sais déjà, je suis Ninon. Mais dans la bande, on m'appelle *La Belette*.

Elle dévoila le parfait agencement de ses jolies dents avant de poursuivre, mutine :

– Tu es des nôtres, dorénavant. Tu as donc droit à nos surnoms – il nous faudra t'en trouver un. Mais prends garde de ne pas les employer en présence d'étrangers ! On comprendrait mal qu'un chevalier établisse autant de complicité avec des saltimbanques.

Ninon agissait comme en représentation. Elle passait avec grâce parmi les membres de la bande, prodiguant à chacun un geste tendre. À son contact, les hommes fondaient, ébauchant des sourires adolescents. Thibault comprit qu'elle assumait au sein du groupe les rôles de mère, de sœur et d'amante. Elle devait avoir accueilli dans son lit chacun d'entre eux, mais restait soumise à

Lucas, qui faisait office de chef de meute incontestable.

Lucas, dit *Taureau*, était un colosse à l'accent rocailleux, originaire de Camargue. Il faisait office d'attraction sur les foires où il endossait tantôt les rôles d'hercule, tantôt ceux de lutteur invincible. Il pariait ainsi la victoire, en défiant les gloires locales. Taureau se disait capable de rompre les reins de ses adversaires – et Thibault le crut sur parole.

Le colosse narrait ses exploits en ponctuant chaque anecdote de violentes claques sur ses cuisses :

– Il s'en trouve pourtant, des inconscients, qui acceptent de payer pour m'affronter en duel ! Ha ! Je les brise lentement : le spectacle n'en est que meilleur. Mais attention : tout est contrôlé. Jamais je ne les tue – on me refuserait la prime !

Deux autres vagabonds venaient compléter la petite troupe et ne répondaient qu'à des sobriquets. Avaient-ils jamais eu des noms ? Les avaient-ils eux-mêmes oubliés ? Thibault se perdait en conjectures.

La Fouine était le plus jeune. Malingre, souffreteux, il paraissait en revanche très intelligent. Ses yeux vifs étaient en perpétuel mouvement. Ils couraient de l'un à l'autre, semblant tout saisir au vol.

– Sa spécialité, avait expliqué Taureau, c'est la visite des fermes, avec une prédilection marquée pour les poulaillers. La Fouine n'a pas son pareil pour étrangler une poule ou empaumer des œufs ! C'est grâce à lui qu'on améliore le quotidien.

La Pie, pour sa part, tenait dans le groupe le rôle de maître voleur. Intarissable, Taureau continuait l'argumentaire. À l'évidence, il s'enorgueillissait de régner sur une telle troupe :

– La Pie est toujours à l'affût, il sent les bons coups plus sûrement qu'un chien de chasse.

Ancien apprenti, le voleur avait été surpris un jour la main dans le sac par son maître artisan. Il était spécialiste en ferronnerie : aucune serrure n'avait de secret pour lui. S'il venait un jour à en découvrir une inconnue, il y avait fort à parier qu'il en viendrait à bout dans l'heure.

– Sa seule faiblesse, poursuivit Taureau, réside en sa passion du vol : La Pie est inconscient du danger. Il se laisse griser, et peut entraîner tout le groupe à sa perte…

La Pie ignora le reproche et se contenta d'esquisser une ébauche de sourire. C'était une mimique curieuse, proche de la grimace douloureuse, qui écartait la commissure de ses lèvres sans montrer ses dents. Son rictus se figea soudain, tandis qu'il plongeait ses yeux dans ceux de Thibault :

– Quant à toi, damoiseau, prends garde de ne jamais nous trahir. Il s'en trouverait toujours un pour régler ton sort avant que tu ne t'éloignes.

Son ton avait glacé Thibault : La Pie s'était contenté d'énoncer une vérité… *qui sonnait comme une promesse.*

– Nous n'hésiterons pas non plus à te dénoncer, renchérit Taureau. Tu sais le sort réservé à ceux qui s'avisent de porter l'épée sans être adoubés.

– Oui, répondit Thibault d'une voix blanche. Je saurai m'en souvenir.

Il leva les yeux au ciel et laissa divaguer son regard. Il le savait, *il le sentait* : il n'était plus temps de faire marche arrière.

Le pacte était signé.

Chapitre XIV

La troupe s'empressa de quitter les lieux.

– À n'en point douter, Lebihan était attendu, avait dit La Pie. On va lancer des recherches. Il faut partir.

On avait réparti le trésor – maître Lebihan ne se déplaçait jamais sans une somme rondelette, qu'il portait dans de petites bourses de cuir, dissimulées sous sa chemise. Ninon et La Fouine s'étaient chargés du tri. Ils avaient dédaigné les draperies et les fournitures trop identifiables, jetant leur dévolu sur les outils neufs, les quelques poignards, la vaisselle. Ils prirent aussi quelques couvertures de belle facture et troquèrent les équipements de leur attelage contre ceux du drapier, plus solides.

Leur chariot était dissimulé un peu plus loin, en retrait de la route qui traversait la forêt. Ils chargèrent et repartirent sans tarder.

Thibault avait revêtu sa cotte, mais chevauchait tête nue. L'écu de Kermarec sonnait lugubrement à son côté. L'écuyer se laissait aller à une certaine mélancolie, quand il surprit le regard songeur de Ninon.

– Pourquoi me regardes-tu ainsi ? s'inquiéta-t-il.

– Je me disais que tu avais fière allure, fit-elle, ensorceleuse.

Thibault sentit son visage s'empourprer. Le flattait-elle ? Se moquait-elle ouvertement de lui ? Il talonna sa monture et s'éloigna promptement du chariot.

Le rire de Ninon aiguillonnait sa nuque.

Ils croisèrent peu après une patrouille en armes. Les miliciens caparaçonnés d'acier avançaient sur la route, jetant çà et là des regards méfiants. Leur chef prit position au milieu du chemin et leva la main :

– Halte. Nous sommes soldats de Lamballe et avons reçu ordre de contrôler cette route.

Thibault raccourcit les rênes. Son cheval piaffa, agacé. Le jeune homme se porta en avant, et fut accueilli par un soudard à la trogne rougeaude :

– Qui es-tu donc, damoiseau ? grogna le sergent d'armes.

Piqué au vif, Thibault se raidit et répondit avec froideur :

– Je suis Jehan de Kermarec. Je me rends en la ville de Moncontour, où je compte proposer mes services à quelque marchand.

Le milicien renifla et darda un regard peu amène en direction du chariot de baladins :

– Et eux ? Qui sont-ils ?

Thibault resta interdit quelques secondes. Ninon fut la plus prompte, et se fendit de son plus beau sourire :

– Le seigneur de Kermarec nous a engagés pour donner spectacle à Moncontour. Nous y allions de ce pas.

Le sergent de ville les dévisagea en reniflant à nouveau. Il n'avait pas lâché Thibault des yeux et son regard sondait le visage du jeune homme. Le vieux guerrier prenait un malin plaisir à défier ce jouvenceau. Il n'osait pourtant outrepasser ses droits : les chevaliers s'entendaient à vous faire des ennuis, et n'accordaient aucune attention à la piétaille… Il suffirait à ce de Kermarec de se plaindre au seigneur de Lamballe, pour qu'aussitôt la sentence soit rendue en défaveur des soldats de troupe !

Thibault, pour sa part, gardait le silence, et se composait un masque impénétrable. Il s'efforçait de conserver une expression hautaine. La résolution du soudard vacillait, et l'écuyer adressa des remerciements muets à Jehan de Kermarec : son maître avait été un excellent modèle dans ce périlleux exercice.

Le sergent d'armes hésitait encore sur l'attitude à adopter.

– Moncontour ? finit-il par articuler. Il y a bien longtemps que tout commerce a pris fin avec…

Thibault ne lui laissa pas le loisir d'achever. Il se cambra, l'air farouche :

– Et quoi ! s'écria-t-il, on mettrait donc ma parole en doute ?

Le sergent de ville le considéra avec stupeur. Ainsi, le joli cœur était bien un guerrier. Il étendit les bras, apaisant :

– Pardonnez-nous, Mon Seigneur, mais des routiers sèment la désolation depuis quelque temps. La populace grogne et on nous réclame des coupables.

Il louchait en direction des baladins avec un mauvais sourire :

– Nous attendions ce jour l'arrivée de maître Lebihan, un drapier influent, et n'avons rien vu venir…

– Et c'est pour un drapier que tu oses me retarder ? l'interrompit sèchement Thibault. Je n'ai que faire de ces histoires, auxquelles je n'entends goutte. Ôtez-vous sur l'heure de notre passage !

Il éperonna sa monture qui hennit d'impatience. Le soldat fit un rapide pas de côté, impressionné par la lourde monture de guerre.

Sans perdre un instant, Taureau avait fouetté son attelage, qui commençait à s'ébranler à la suite du cavalier, mais le sergent d'armes reprit ses esprits et s'interposa en dégainant son épée.

– Assez, éructa-t-il. Vous ne passerez pas !

Éperdu, Thibault crut le combat inévitable. L'issue n'en faisait pas le moindre doute : la demi-douzaine d'hommes entraînés aurait tôt fait de mettre à mort ce groupe de baladins dépenaillés et le cavalier qui les menait.

Ninon, une nouvelle fois, fut la plus prompte. Elle glissa une main dans son corsage et en ramena une bourse accrochée à son cou. Elle l'arracha et la jeta d'un geste ample au sergent, qui la saisit au vol :

– Tenez, dit-elle. Vous boirez ensemble à notre santé, et à celle de notre maître, Jehan de Kermarec !

Le sergent de ville grogna de plaisir en soupesant la bourse qui cliquetait dans sa paume. Toute velléité agressive semblait l'avoir abandonné. Il se tourna vers Thibault, saluant maladroitement :

– Mon Seigneur est trop généreux, commença-t-il.

– Remercie plutôt la trobaritz, cracha l'écuyer. C'est elle, et elle seule, qui t'accorde cette obole.

Sans plus lui prêter attention, il raccourcit les rênes de son étalon. En dépit de la superbe qu'il affichait, Thibault n'en menait pas large. Il fallait fuir à présent, et ne plus jamais passer par ce pays. Il ne se faisait aucune illusion sur l'attitude des miliciens : sitôt qu'ils auraient découvert les corps de Lebihan et de ses hommes, les soudards s'empresseraient de diffuser son signalement et celui des baladins. Ainsi, les soldats feraient d'une pierre deux coups : ils empocheraient la bourse et passeraient pour de bons limiers, qui « avaient identifié les fuyards »…

Le chariot peinait à suivre. N'y tenant plus, Thibault fit volte-face et lança un signe de tête furibond à Taureau :

– Alors, maraud ? Faudra-t-il que je botte ton gros cul pour que tu te décides à me suivre ?

Lucas écarquilla les yeux. Une lueur de haine passa dans ses prunelles, mais le colosse retrouva vite contenance. Il reprit sa place et fouetta les bœufs. Avisant le visage congestionné du géant, Ninon éclata de rire :

– Nous sommes à vos ordres, Mon Seigneur.

Ils s'éloignèrent au plus vite, tandis que les soldats partageaient le butin aisément gagné.

CHAPITRE XV

Thibault et ses compagnons avancèrent en silence pendant un long moment. Seule importait maintenant la distance qu'ils parviendraient à parcourir avant que le massacre soit découvert. Lucas conduisait l'attelage, l'œil sombre. Il ruminait l'affront.

– Bien joué, l'ami, finit-il par articuler. Tu peux nous servir. *Mais ne t'avise plus jamais de me parler sur ce ton.*

La voix grondait. Thibault ne releva pas, et se contenta de regarder au loin. Ils s'en étaient tirés, c'est tout ce qui comptait.

Ils quittèrent bientôt la forêt et empruntèrent le chemin qui serpentait dans la vallée en direction de Moncontour. On quittait les côtes pour entrer dans les terres. La route était bonne, un vent frais les accompagnait. Ils atteignirent en fin d'après-midi la croisée des chemins. Là-bas, juchée sur sa motte rocheuse, la citadelle régnait sur la vallée. Ses hautes murailles se découpaient sur l'azur du ciel.

Avisant une série de statues dressées en retrait de la route, à l'ombre des premiers branchages, Taureau tira sur ses rênes :

– Compagnons, voici venue l'heure de prendre quelque repos mérité !

Il sauta à bas de l'attelage, et s'étira en grognant. Les autres le rejoignirent, une gourde de vin à la main. Incrédule, Thibault considéra les troubadours. Ils semblaient avoir déjà oublié la tuerie. À l'approche de la ville, ils retrouvaient leur faconde et leurs réflexes d'amuseurs professionnels. Il ne sut quel sentiment, de l'horreur ou de l'admiration, prédominait en lui.

Il haussa les épaules, mit pied à terre et attacha sa monture à l'arrière du chariot. Il n'était pas tranquille. Était-ce l'air qui s'alourdissait en cette fin d'après-midi ? Ou bien le contrecoup des péripéties du voyage ? Il se sentait las, et oppressé. Ninon lui adressa un clin d'œil :

– Et alors, chevalier, on boude ce vin offert de si bon cœur ?

La Fouine releva la tête, hilare. Il manqua

s'étouffer et recracha le vin :

– Peut-être un si noble seigneur répugne-t-il à côtoyer des gueux ?

Thibault secoua la tête, soucieux. D'un mouvement du menton, il désigna les statues qui se dressaient dans l'ombre, comme un jury silencieux et menaçant.

– Ce n'est pas ça… Je me demandais si…

La Fouine rit de plus belle :

– Mon Seigneur désire sans doute se recueillir et prier quelques instants au pied des saints ?

Agacé, Thibault ne répondit pas. Fronçant les sourcils, il détaillait les silhouettes massives érigées en lisière de bois. *Quelque chose n'allait pas*. Un sentiment diffus, comme une prémonition néfaste, lui pesait sur le cœur.

N'y tenant plus, il franchit la dizaine de mètres qui le séparait des statues. Elles étaient sombres et leurs silhouettes rigides se fondaient dans les feuillages. *Pourtant…* Il écarta d'une main fébrile les derniers branchages qui masquaient en partie les saints patrons et libéra un cri de surprise.

Dans son dos, la voix inquiète de Ninon lui parvint :

– Quoi ? Qu'y a-t-il ?

Thibault fut incapable de lui répondre.

Tétanisé, il considérait les statues de pierre. *On les avait décapitées.*

CHAPITRE XVI

Incrédule, Thibault s'avança pour inspecter les statues. Une seule d'entre elles possédait encore un chef. Le jeune homme se pencha encore et fut secoué par un violent haut-le-cœur. *On avait posé une tête humaine sur la statue du saint* !

Mû par un réflexe superstitieux, Thibault se signa avec frénésie.

La Pie arrivait. Il siffla entre ses dents, admiratif.

– Ma foi ! La belle ouvrage que voila !

Hébété, Thibault ne bougeait plus. La Pie s'approcha des statues noires. Il tendit la main vers les cols sectionnés et découvrit un nouveau détail macabre – une croûte noirâtre s'était déposée sur chaque gorge. Il secoua Thibault :

– Viens voir !

L'écuyer s'ébroua et inspecta à son tour l'écorce

sombre. Il identifia le craquèlement maintes fois observé sur les armures d'après tournoi.

– Le sang des saints patrons, balbutia-t-il.

La peur avait fait naître une boule d'angoisse dans son ventre. Il sentit monter dans sa bouche un flot de bile et eut toutes les peines du monde à ne pas perdre contrôle. Taureau intervint à ce moment, et posa sa grosse main sur l'épaule de l'écuyer :

– Ressaisis-toi, par la Malemort !

Mais Thibault ne parvenait plus à détacher ses yeux du visage grimaçant qui le regardait. Le crâne paraissait le dévisager à travers ses paupières closes. C'était… C'était une tête fripée, aux tissus flétris et déjà corrompus, un masque de cuir sombre qui lui adressait un rictus hideux dévoilant ses dents jaunies.

Thibault passa une main sur son visage. Des pensées s'entrechoquaient dans son esprit : *l'odeur*, pourquoi n'avait-il pas senti l'odeur de la mort en s'approchant des statues ? Le… *corps*, où se trouvait le cadavre ? Et où étaient les têtes des saints, ces têtes de pierre qui auraient dû se trouver sur le sol ? Les yeux écarquillés, il balayait la terre à ses pieds. Il paniquait à l'idée de piétiner une des têtes, s'imaginait déjà roulant sur le sol, sous les rires caverneux des crânes grimaçants…

Taureau, quant à lui, gardait son calme. Considérant avec admiration les statues, il fit claquer sa langue :

– Il en a fallu, de l'acharnement, pour faire rouler ces têtes de pierre.

Il inspecta plus en détail le crâne.

– … et pour dessiner au couteau une telle expression sur cette face morte.

– Certaines créatures n'ont pas besoin de s'acharner, pour parvenir à de telles fins !

La voix avait jailli du chemin.

Ils firent tous volte-face et découvrir une vieille femme tout de noir vêtue, qui les observait sans aménité. Elle se tenait de l'autre côté de la route, un épais fagot de bois jeté en travers de l'épaule. Elle les gratifia d'un bref signe de tête :

– Pardonnez-moi, mes seigneurs. Je ne voulais nullement vous surprendre, ni vous offenser.

Thibault s'ébroua, et fit quelques pas dans sa direction. Les mots se bousculaient à ses lèvres :

– Et bien, la vieille, sauras-tu m'expliquer pareille horreur ?

La paysanne le détailla avec soin, elle soupira, se signa et poursuivit, sur le ton de la confidence :

– C'est une bien sombre malédiction qui plane sur Moncontour, chevalier. Voilà bien longtemps que le Malin se livre ici à son éternel duel avec

Notre Seigneur.

Elle posa sur l'avant-bras de Thibault une main décharnée. L'écuyer tressaillit : c'était une véritable serre de cuir tavelé. Une… *main de cadavre* ? Il se reprit et se fustigea en silence – quel piètre chevalier il faisait, toujours prompt à divaguer !

La vieille perçut son trouble.

– Vous devez croire que ce sont là folies de vieille femme, murmura-t-elle.

– Non, n'en croyez rien. Il y a que… je n'ai pas l'habitude de tels spectacles.

Elle hocha la tête d'un air entendu avant de poursuivre comme une somnambule :

– La bête a décidé de remplacer toutes les têtes des saints par celles des démons grimaçants de l'Enfer.

Elle s'interrompit, et son regard passa avec lenteur sur tous les visages.

– Mais… reprit-elle avec lenteur, personne ne vous aura prévenu sur la route ?

Son ton s'était fait suspicieux. Thibault s'efforça de la rassurer :

– Nous arrivons de fort loin, et pensions trouver refuge en la ville. Nous avons marché sans halte, soucieux de ne pas arriver après la nuit.

Il s'enlisait, et préféra se taire. La vieille darda

sur lui des yeux d'un bleu délavé. Après un long silence, elle se détendit, et esquissa un sourire triste :

– Voilà bien longtemps qu'on n'a pas vu ici des voyageurs désireux de se rendre à Moncontour.

Elle tourna les talons sans plus s'attarder et s'éloigna à grands pas vers la vallée.

– Où va-t-elle ? s'enquit Ninon dans le dos de Thibault.

Le jeune homme haussa les épaules :

– Je ne sais… Il doit y avoir des hameaux, aux alentours.

Parvenue à bonne distance du petit groupe, la vieille femme sembla se raviser. Elle se retourna et, porta ses mains devant sa bouche :

– Méfiez-vous, chevalier ! cria-t-elle. C'est vers la mort que vous roulez ! C'est vers la gueule du Malin que vous glissez !

Un silence de plomb ponctua sa tirade. Aucun troubadour n'osait prendre la parole. La Fouine fut le premier à rompre le charme. Il cracha sur le sol :

– La Malemort emporte tous ces bigots qui accordent crédit à ces élucubrations ! Je préfère affronter le Diable que de me jeter dans les pattes avides des soudards !

La Pie acquiesça :

– Tu as raison. Rebrousser chemin, c'est se jeter

à coup sûr dans la gueule du loup. À tout prendre, je me demande si celle du Malin ne nous sourira pas plus !

Thibault s'était retranché dans un mutisme buté. Il se sentait en proie à des sentiments contradictoires. Une bouffée d'angoisse lui avait rosi les joues, des peurs superstitieuses l'assaillaient sans relâche.

Ninon haussa les épaules. Elle interrogea Taureau du regard. Celui-ci étouffa un bâillement appuyé :

– Je pense comme eux. Et je suis trop fourbu pour continuer à marcher. Ce soir, nous dormirons à l'abri des murailles.

Joignant le geste à la parole, il remonta sur le chariot et fouetta son attelage. Thibault, la mort dans l'âme, remonta en selle. On n'échappait pas à son destin. Il avait voulu fuir, commencer une nouvelle vie, mais ses pas le ramenaient vers cette ville fortifiée, ce sinistre castel vers lequel voyageait Jehan de Kermarec avant de périr…

Ils piquèrent en direction de Moncontour. En chemin, l'écuyer leva la tête vers les fortifications de la ville. La citadelle et son donjon se découpaient au sommet de leur rocher lugubre.

Thibault ressassait l'avertissement de la vieille femme :

– *C'est vers la mort que vous roulez* ! avait-elle grincé. Vous entrez tout droit *dans la gueule du Malin* !

CHAPITRE XVII

Taureau tira sur la sangle des bœufs qui ralentirent le pas. Les autres, s'ils affectaient de ne pas montrer leur inquiétude, demeurèrent suspendus à ses lèvres.

– C'est inespéré, lâcha le colosse en considérant la silhouette de la ville. Un monstre qui tient à distance les visiteurs, des villageois qui doivent s'enfermer à la nuit…

La Pie leva un sourcil. Il esquissa un sourire carnassier.

– Je devine où tu veux en venir, mon frère.

Taureau lui adressa un clin d'œil complice. Il se tourna vers Ninon et La Fouine, qui acquiesçaient à leur tour.

– Réjouissez-vous, compagnons ! Cette « Bête » est providentielle. Jamais les soudards ne viendront jusqu'ici. *Nous sommes libres d'agir à notre guise*. Et quoi de plus facile à visiter qu'un village où les gens ont la peur au ventre ? Imaginez la joie que nous allons leur apporter : ne sommes-nous pas de gentils baladins, au service d'un preux chevalier ?

La Fouine applaudit. Ninon éclata de rire.

– Oui, renchérit La Pie. Les portes vont s'ouvrir, on va nous accueillir !

Les autres riaient maintenant à gorge déployée. Seul Thibault ne partageait pas leur allégresse. Il demeurait à l'écart, les mains serrées sur les rênes de son étalon qui semblait pressé de fuir et frappait le sol de ses sabots, soulevant des nuages de poussière.

Taureau leva la main pour obtenir le silence. Il appuya un doigt à la pointe de son nez en humant l'air avec force.

– Ne sentez-vous pas le doux parfum des trésors qui n'attendent que notre visite ?

Ses complices hochèrent la tête. Satisfait, le géant fouetta les bœufs, qui repartirent en direction de la cité.

Thibault dut se faire violence pour fermer la marche.

« C'est vers le Diable que vous avancez, sifflait

une voix dans sa tête. Vous filez droit vers la damnation éternelle ! »

CHAPITRE XVIII

Ils parvinrent au pied des murailles peu avant la tombée du jour. Nombre de paysans s'y présentaient, en une longue colonne disciplinée. Les hommes étaient de retour des champs. Ils rentraient en dernier, les dos arrondis sous leurs charges, épuisés par une journée de labeur. Ils portaient d'impressionnants fagots, tenus serrés par des cordelettes sombres.

– Au moins, railla La Pie, on ne crèvera pas de froid dans ce trou ! M'est avis que chaque logis est muni d'une cheminée qui brûle d'un feu d'enfer.

– Tiens ta langue ! l'interrompit Taureau d'une voix sourde.

Le colosse engagea le chariot sur le chemin rocailleux quittant la route pour se lancer à l'assaut de la motte. Là-haut, les enceintes épaisses les surplombaient, menaçantes. Elles étaient surveillées par des gardes armés, aux visages fermés, aux yeux scrutateurs. Ils inspectaient un à un les paysans qui franchissaient la haute porte.

– Voilà bien le sort des valets, cracha La Fouine, toujours à courber l'échine devant la piétaille toute puissante. Pouah ! Que j'exècre cette existence d'enraciné !

Taureau grogna à nouveau, et ils se tinrent cois jusqu'au poste de garde. Deux soldats en armure de cuir, préposés à la porte principale, observaient leur convoi tandis qu'il gravissait en cahotant le chemin rocailleux. Les deux hommes discutaient à voix basse, et s'adressaient des coups de coude dans les côtes. Malgré leurs efforts, aucun des troubadours ne put distinguer leurs paroles. Ce n'est qu'en découvrant les regards qu'ils adressaient à Ninon qu'ils devinèrent la teneur générale de leur discours.

Taureau se rembrunit, et tira sur les rênes pour arrêter son attelage à hauteur du poste de garde. Ninon se dessina son sourire le plus séduisant, mais resta muette. La Fouine sauta à bas du chariot et effectua une rapide courbette :

– Holà, braves soldats, nous sommes des baladins venus de bien loin pour apporter rire et bonheur dans vos murs !

Il n'obtint pour toute réponse que des rictus

écœurés. Interloqué, il approcha des gardes et salua à nouveau :

– Me serais-je montré discourtois ? En ce cas, je vous supplie d'accepter mes plus sincères excuses.

Le garde le plus proche le repoussa d'une bourrade violente :

– Arrière, le gueux ! On n'a que faire ici de loqueteux de votre espèce !

Taureau dévisagea l'agresseur avec des yeux emplis de haine. Ninon s'empressa de lui poser la main sur l'épaule pour l'exhorter au calme, mais le garde avait surpris la manœuvre. Il s'approcha du chariot, goguenard :

– Eh quoi, le gros ? On n'apprécie pas le traitement réservé aux vagabonds dans nos murs ?

Déjà, le second garde arrivait en renfort. Les deux hommes semblaient impatients d'en découdre. Ninon tourna la tête vers la vallée. Ils avaient convenu que Thibault arriverait en retrait, mais l'écuyer tardait à effectuer son entrée. La jeune femme se mordit les lèvres : se pouvait-il qu'il leur ait fait faux bond à la dernière minute ? En avait-il profité pour fuir, pour regagner sa liberté ? Elle se maudit en silence : qu'ils avaient été sots de lui accorder confiance en si peu de temps ! Elle vieillissait, à n'en pas douter. Jamais auparavant elle ne s'était trompée sur un homme…

Dans son dos, le ton montait inexorablement. Taureau était descendu à son tour. Toisant les deux gardes, il attendait l'attaque. La Pie, égal à lui-même, avait glissé à bas du chariot, qu'il contournait par l'arrière, à bonne distance de l'échauffourée.

– Calmez-vous, voyons, intervint Ninon d'une voix blanche.

– Que se passe-t-il ici ?

La question avait tonné sous la porte. Les deux gardes s'étaient aussitôt figés. Un cavalier apparut. Il était grand, de forte stature et caparaçonné dans une armure d'acier qui lui voilait le torse. Ses longs cheveux roux et sa barbe broussailleuse lui donnaient l'air d'un diable surgit des enfers. Il passa une main sous son menton, faisant crisser la fourrure de sa gorge.

– Mais que vois-je ici ? dit-il en avisant Ninon. D'où viens-tu, la belle ?

Ninon effectua une révérence élégante :

– Mon Seigneur, nous sommes troubadours et parcourons le pays pour offrir spectacle dans les auberges accueillantes.

Le chevalier s'approcha d'elle et la détailla des pieds à la tête avec un sourire gourmand :

– Ma foi, la belle, si ton spectacle est aussi avenant que toi…

– Il le sera, chevalier, je puis vous le garantir !

Surpris, l'homme releva la tête et découvrit Thibault, qui arrivait sur son étalon. L'écuyer lui adressa un bref salut de la tête. Il procédait comme il avait vu Jehan de Kermarec le faire à maintes reprises : avec un subtil mélange de morgue et de déférence.

– Ils sont avec moi, poursuivit-il sans plus attendre. Je les ai rencontrés à Saint-Brieuc et j'ai décidé de les engager. Ils donneront, si vous le désirez, représentation en la demeure de votre seigneur.

D'abord surpris par l'entrée tonitruante de Thibault, le chevalier se reprit. Il jaugea son vis-à-vis avec un regard perçant. Le paladin qui le surplombait était bien jeune encore. Il ne devait posséder ni terre, ni renom, et avait sans doute recours à de tels subterfuges pour être accueilli chez les seigneurs.

– Je suis Arnaud de Louderen, dit-il en plongeant ses yeux sombres dans ceux de Thibault. Qui me fait donc *cet honneur* ?

Thibault ignora le mépris qui suintait des derniers mots de son interlocuteur. Il se contenta de rendre son sourire glacial au chevalier :

– Je suis Jehan de Kermarec, et j'entends…

Arnaud de Louderen lui coupa la parole :

– Vous apprécierez sans doute le calme de notre cité, chevalier. Sans doute, sur votre route, vous a-t-on abreuvé de légendes à notre sujet, mais vous arrivez bien : nous allons sous peu y mettre un terme.

Sans plus prêter attention à Thibault, il se tourna vers les deux gardes :

– Laissez-les entrer, vous autres.

Puis il tourna les talons sans autre forme de procès et s'éloigna, méprisant ce chevalier errant à qui l'on faisait l'aumône d'un abri pour la nuit.

Chapitre XIX

Thibault suffoquait de rage en engageant sa monture sur les pavés de Moncontour. Taureau fouetta ses bœufs et le rattrapa :

– C'est bien, lui glissa-t-il, continue ainsi, et nous te rendrons bientôt ta liberté.

Mais Thibault ne l'entendait pas. Il écumait. N'était-il cerné que d'hommes haineux et méprisants ? Cet Arnaud de Louderen l'avait giflé de ces quelques mots lâchés du bout des lèvres, de ce sourire entendu… Il devait bien rire en ce moment !

L'écuyer lança un regard en coin à Taureau, qui ne le regardait déjà plus. Thibault haïssait son ton condescendant, il ne supportait pas l'outrecuidance du brigand, cette façon qu'il avait de le traiter d'égal à égal. Il baissa la tête et se mura dans un recueillement muet. Il était trop tard pour faire marche arrière. Il s'était rendu complice de cette troupe, il avait signé un pacte avec les démons. L'heure n'était plus au larmoiement.

Une petite pluie fine s'abattit sur le pays, faisant briller les toitures et dessinant des rigoles argentées sur le sol de terre rocailleux. Thibault s'efforçait de calmer son étalon. La bête piaffait et ses sabots martelaient les pierres en produisant un bruit de mitraille. L'écuyer découvrait la ville, balayant les alentours du regard. Ils étaient cernés de hautes maisons de granit sombre. Des constructions étagées, serrées les unes contre les autres comme pour mieux faire corps et résister à d'éventuels envahisseurs. Les pavés luisants étaient comme les casques d'une armée de guerriers nains, serrés les uns contre les autres avant l'assaut. Les ruelles étroites plongeaient dans le cœur de la cité, en pentes vertigineuses au sol incertain. Il sut qu'il ne devrait emprunter que les artères principales, s'il ne voulait pas courir le risque d'être jeté à bas de son étalon. L'eau dégoulinait à présent des toitures, et se jetait dans les venelles en rus gargouillants.

– Installons-nous au plus vite, si nous ne voulons pas attraper la mort, décréta-t-il.

Taureau leva un sourcil à ces mots, il ouvrit la

bouche pour objecter, se ravisa et esquissa un sourire complice. Le petit jouait son rôle à la perfection. Voilà qu'il endossait la peau de chef de meute !

Ils installèrent le chariot contre la muraille intérieure, sous les regards curieux et bienveillants des quelques habitants encore accoudés à leurs fenêtres en cette heure avancée. Ils eurent tôt fait de tendre deux larges bâches, constituant une tente de fortune. Ils déplièrent de petits bancs et allumèrent un brasero. Ils n'eurent cependant pas à attendre longtemps : la pluie disparut aussi vite qu'elle était apparue.

– Foutu pays, marmonna Taureau. Il y pleut comme vache qui pisse, sans crier gare !

Le colosse se plaignait comme un enfant. Ninon passa dans son dos, flattant de la main les épaules du géant :

– Il tarde au Taureau de retrouver sa Camargue ! Mais c'est ainsi : il nous arrive parfois de ne plus pouvoir fouler un sol aimé…

Thibault fronça les sourcils, intrigué. La Fouine surprit son regard et, bon prince, daigna éclairer sa lanterne :

– Lucas le Taureau s'est un jour emporté, dans son village. Il a brisé les reins d'un concurrent pour les beaux yeux d'une belle !

Il ponctua sa tirade d'une mimique grossière, tirant la langue et roulant des yeux fous, singeant les gesticulations de la malheureuse victime du Taureau.

Ce dernier bougonna, avant de siffler entre ses dents :

– Pas un *concurrent*, imbécile : un mari jaloux. Avec un autre prétendant, on n'aurait pas fait tant d'histoire !

– Et la belle, qu'est-elle devenue ? s'enquit Thibault.

Taureau redevint grave. Il laissa ses yeux divaguer sur les hauteurs ténébreuses des murailles.

– On ne la retrouvera jamais. Les marais sont immenses, dans mon pays. Et la vindicte populaire est comme le flot impétueux de la mer. Elle emporte tout sur son passage.

Il s'ébroua pour chasser les dernières bribes de souvenir qui dansaient devant ses yeux.

– Bien, lança-t-il avec un entrain retrouvé, assez rêvassé ! Si nous allions prendre ensemble la mesure de l'auberge ?

Avec des cris de joie, La Fouine et La Pie lui emboîtèrent le pas. Ninon s'approcha de Thibault :

– Nous ferez-vous l'honneur de votre présence, chevalier ?

Thibault acquiesça en silence. Il la regarda s'éloigner en riant pour rejoindre le groupe. Ses hanches ondulaient, souples et fermes. Il ferma les yeux et soupira.

« Mon pauvre Thibault, songea-t-il avec rancœur, si Jehan de Kermarec pouvait te voir maintenant, il serait intarissable ! »

CHAPITRE XX

Thibault prit à son tour le chemin de la grande place. Mû par un irrépressible sixième sens, il bifurqua cependant à l'approche de l'auberge et s'enfonça dans une des ruelles ombrageuses qui serpentaient dans le village. Il parvint ainsi derrière l'église, qui s'ouvrait sur la place principale.

C'était une bâtisse épaisse, aux murs bas et larges, au clocher massif. Thibault la longea, laissant courir ses doigts sur les parois fraîches, recueillant un peu de salpêtre, s'amusant à gratter des éclats de lichen. Enfin, il parvint sur la place aux pavés recouverts d'une fine pellicule d'eau, éblouissants sous les derniers rayons du soleil. Il cligna les paupières et porta sa main en visière contre son front. L'auberge était là, portes grandes ouvertes. On y riait, on y buvait. Les hommes s'y dirigeaient en groupes compacts.

De chaque côté de l'établissement s'étendaient les officines communes à toutes les villes d'importance : une herboristerie, une boucherie, un forgeron, sans oublier les multiples comptoirs des maîtres drapiers de Moncontour, qui avaient depuis des années assuré la renommée de la ville. Au-dessus de l'auberge, juché à la pointe du rocher, le château dressait son étroit donjon, comme ces menhirs dédiés aux dieux anciens des Bretons. Les pierres levées semblaient jaillir du sol, gardiens de traditions oubliées, sentinelles inépuisables qui attendaient le retour improbable des entités disparues.

Thibault avait toujours été fasciné par ces druides qui perpétuaient les rites, condamnés à l'isolement, à la fuite sous peine d'être capturés et jugés hérétiques. Des luttes incessantes les opposaient aux religieux de la chrétienté, qui les poursuivaient sans relâche. Jehan de Kermarec expliquait cet acharnement : « Ils sont haineux, disait-il, méfiants... Ils ont peur ! Les curés s'empressent de faire disparaître les druides, tant il est vrai que les populations sont promptes à se tourner vers le mythe le plus séduisant. Que peut donc leur dieu de miséricorde pour ceux qui ont été élevés à l'ombre des puissances de la terre ? »

Thibault l'écoutait en silence, formulant de muettes prières qu'il lançait au ciel en implorant son pardon. Son maître, Jehan de Kermarec était un mécréant, qui se complaisait à blasphémer, à railler les « suppôts de bénitier, ces veules qui avaient tiré tous les bénéfices des croisades sans jamais se salir les mains ». Le chevalier prenait un malin plaisir à entrer dans les églises pour s'y agenouiller et affecter de s'y recueillir. En réalité, il adorait observer peintures et vitraux, et y cherchait les détails macabres ou scabreux que de nombreux peintres y glissaient. Il les pointait alors, sous les yeux effarés du prêtre et le sommait de les faire disparaître sur l'heure, sous peine de le dénoncer à sa hiérarchie. Il se repaissait alors du spectacle de ces religieux atterrés, honteux, contraints de corriger eux-mêmes les trésors enfermés dans leur lieu de culte…

Thibault battit des cils, revenant soudain à la réalité. Il étouffa un ricanement : les religieux bâtisseurs avaient dû s'appliquer à construire l'église en face du donjon, ce symbole granitique qui régnait sur la vallée, comme pour mieux répondre à un défi. Il se tourna vers l'entrée de l'église, bien décidé à y pénétrer pour s'y recueillir – n'était-ce pas là ce qu'on attendait de tout chevalier digne de ce nom ? – et se figea dans un hoquet de surprise.

Des statues de bois se dressaient de chaque côté de la double porte.

Toutes, elles avaient été décapitées.

CHAPITRE XXI

L'écuyer sentit son ventre se glacer. Il tendit une main tremblante vers les cous tranchés des saints, en effleura un. La coupure était nette, sans esquilles. On avait tranché chacun de ces cols d'un seul coup. Il les contempla, les yeux écarquillés : il fallait une force titanesque pour réussir un tel exploit. Une énergie de démon, couplée à une science parfaite des armes…

Il s'assura d'un rapide coup d'œil circulaire que personne n'avait surpris sa présence en ces lieux, puis tourna les talons et se rua vers l'auberge. Il plongea avec délice dans son ombre. L'établissement était faiblement éclairé à la bougie et son atmosphère moite était alourdie de vapeurs d'alcool. Des rires jaillissaient, sporadiques. Il avisa, au fond de la grande salle, les baladins qui monopolisaient l'attention des clients à grands renforts de chants et de pitreries. Il s'assit à l'écart et commanda sans plus tarder un pichet de vin clairet qu'il éclusa avec application.

Il n'avait pas mangé depuis longtemps et la boisson ne tarda pas à faire effet.

Les silhouettes fantomatiques des saints décapités dansaient une sarabande infernale sous ses paupières closes. Leur sabbat s'accélérait. Bientôt, une des statues s'anima et s'approcha de lui. Elle se pencha et sourit à l'écuyer qui la dévisagea, hagard.

– Alors, chevalier, on apprécie le réconfort de cette auberge ?

Thibault fronça les sourcils et dévisagea le saint qui lui parlait. Il sursauta : la statue avait un visage, elle… C'était le visage de La Fouine, qui s'adressait à lui avec un sourire radieux. Thibault gémit et se recula. Le saint, imperturbable, posa les mains de part et d'autre de son visage et souleva sa tête qu'il glissa sous son bras.

– C'est ma tête qui ne vous convient pas ? La belle affaire ! J'en ai d'autres.

Thibault glapit de terreur en voyant le saint plonger la main dans sa besace et en retirer une nouvelle tête fraîchement coupée, pour la lui présenter à bout de bras :

– Celle-ci vous séduira-t-elle ?

Thibault lutta contre la nausée qui lui envahissait la gorge. Le saint lui présentait la tête sanguinolente de Ninon. Le visage de la jeune femme avait été lacéré au couteau. On lui avait dessiné la grimace obscène qu'il avait observée sur le saint de pierre, à l'extérieur de Moncontour.

Il secoua la tête et gémit en se protégeant de ses bras repliés.

– Non, pas Ninon, pas elle !

– Oh, chevalier, quelque chose ne va pas ?

Thibault ouvrit des yeux rougis. Il mit quelques instants à recouvrer ses esprits. Il fit claquer sa langue. Sa bouche était pâteuse et ses lèvres sèches. La Fouine s'était installé à ses côtés. Il souriait, moqueur.

– Je… Je me suis assoupi, avoua Thibault, hébété.

La Fouine eut un hochement de tête réprobateur.

– On peut le dire. Et tu parlais à voix haute, gémissant comme un enfant.

Il se pencha et poursuivit avec des airs de conspirateurs :

– Il serait mal venu que l'on t'aperçoive dans cet état. Les chevaliers n'ont pas pour habitude de se plaindre en public.

Il désigna le fond de la salle :

– Fort heureusement, Ninon accapare l'attention du public. Personne ne t'a accordé le plus petit regard depuis qu'elle a commencé son numéro.

Thibault se redressa sur un coude en râlant. Il se sentait courbatu et épuisé. Là-bas, Ninon se faisait séductrice. Elle distribuait sans compter œillades et sourires assassins. La Fouine étouffa un bâillement :

– La gueuse est à son affaire : elle s'y entend pour affoler les mâles !

Thibault serra les dents. Il savait que La Fouine avait raison, et cette idée lui était insupportable. Il eut un ricanement désabusé : de quelle naïveté il avait fait preuve ! Il avait cru voir en la trobaritz une femme fragile, il découvrait d'heure en heure une aventurière rompue à toutes les techniques de survie.

Il commanda un nouveau pichet, avant de se tourner vers La Fouine :

– J'ai encore beaucoup à apprendre.

La Fouine ne lui répondit pas. Il se contenta de trinquer avec lui et de laisser courir ses yeux sur l'assemblée. Thibault le détailla en cet instant : La Fouine ne savait plus où donner de la tête. Comme un chien affolé par des odeurs de battue contradictoires, il jetait çà et là regards gourmands et sourires carnassiers. Il étouffa un rire gras en se tournant vers Thibault :

– Regarde-les ! s'exclama-t-il en saisissant le bras de l'écuyer.

Thibault avisa quelques jeunes femmes accortes qui pouffaient en les observant à la dérobée. La Fouine se lécha la lèvre inférieure :

– Elles sont là, folles de nous ! Ah ! Que la guerre est jolie, quand elle tient les hommes éloignés du village. Bénis soient ces seigneurs belliqueux qui puisent sans compter dans les rangs de leurs gueux : ils ne savent pas le plaisir qu'ils nous donnent !

Il ferma les yeux, huma l'air alentour avant d'esquisser un sourire radieux :

– Imagine toutes ces couches glacées, où l'on rêve de t'accueillir…

Thibault le dévisagea, atterré. La Fouine méritait bien son surnom. Il était là comme le prédateur introduit dans le poulailler. Sûr de sa force et de son bon droit.

L'écuyer reporta son attention sur Ninon. Leurs regards se croisèrent et Thibault se sentit grisé. Il mit cet état sur le compte de l'alcool et s'adossa au mur. La cheminée dispensait non loin des vagues de chaleur, le vin n'était pas si désagréable. Toutes les conditions étaient réunies pour passer une agréable soirée. Pourtant…

Pourtant Thibault se sentait sujet à une mélancolie grandissante. Il jugeait la situation vaguement obscène, sans parvenir à expliquer son malaise. Surtout, il refusait de s'avouer que le regard que La Belette avait dardé sur sa nuque le cuisait plus que de coutume. Sans la présence de la jeune femme, il se serait laissé aller lui aussi. Il aurait sans doute rejoint La Fouine, qui se tenait au comptoir et entamait une ardente discussion avec un groupe de jeunes femmes à qui son costume chamarré en imposait.

Des éclats de rires sur sa gauche détournèrent l'attention de Thibault. Un groupe de vieux s'était attablé non loin. Ils commentaient les physionomies des étrangers, n'employant que leur patois local. L'écuyer saisit au vol quelques mots, dont le sens ne laissait guère d'espoir quant à la teneur générale de leurs propos. Il leur adressa un signe de tête déférent auquel ils répondirent à l'identique. Thibault s'en trouva satisfait : on le prenait pour un idiot, au moins le laisserait-on tranquille. Il se sentit soudain tiré par la manche et découvrit une bande d'enfants aux larges sourires et aux regards admiratifs. Les gosses l'entretinrent un moment, béats devant ce chevalier errant qui leur faisait grand honneur de partager leur table. Thibault les supporta avec patience et gentillesse.

Il leur sut gré de lui offrir une courte pause de douceur et de complicité. Il les enviait, il jalousait leur insouciance, leur imagination. À leur demande, il se lança dans le récit échevelé de ses aventures, décrivant moult batailles, embuscades, faits d'armes hauts en couleurs auxquels lui, chevalier de Kermarec, avait pris part... Il s'amusait de leurs cris, de leurs soupirs. Il trouvait émouvants leurs exclamations et leurs commentaires enfantins. Il se délectait de ces petites flammes qui bondissaient dans leurs prunelles, tandis qu'ils s'imaginaient caracolant au côté de ce preux défenseur de la veuve et de l'orphelin. Thibault s'efforçait de prolonger le rêve, de lui donner vie et force, mais le cœur n'y était pas.

Quelque chose d'inexplicable l'inquiétait, un sentiment diffus, une sensation oppressante. Ses sens étaient en alerte, mais il ignorait la source de son malaise. Il réalisa soudain que les visages des vieux, leurs regards, trahissaient une lassitude peu commune : ils portaient sur les traits, sur leurs dos voûtés, les stigmates d'une ancienne douleur, d'une épreuve terrible, subie récemment. *De quel fardeau si terrible avaient-ils été libérés* ?

Il se remémora les informations glanées à propos du pays. Jehan de Kermarec, en vieil aventurier habitué aux cours et aux tournois, était intarissable. Il soliloquait, ressassant ses connaissances :

– Erwan le balafré règne sans partage sur ses terres. Il accuse un net penchant pour les jeunes gens – des deux sexes s'il te plaît ! Tu pourrais constituer une monnaie d'échange acceptable, si je roule dans la poussière.

Les oreilles de Thibault bourdonnaient. Le rire de Jehan de Kermarec résonnait sous son crâne. Il sentit le picotement annonciateur, sa gorge prit feu, puis la bile lui envahit la bouche. Il réprima un haut-le-cœur et lutta pour garder bonne figure devant les enfants. Il secoua la tête, déçu : non, rien à propos de Moncontour.

Pourtant…

Il serra les mâchoires. *Il lui faudrait trouver seul*. Il prit congé de son jeune public et s'apprêtait à commander une nouvelle bouteille, quand la porte de l'auberge s'ouvrit violemment.

Une silhouette sombre, à la chevelure en bataille, fit irruption en vociférant, aussitôt suivi par un groupe de villageois hargneux.

– L'heure est venue du repentir, mes frères ! beugla le nouvel arrivant. *L'heure est venue* !

Chapitre XXII

Comme un seul homme, les clients se signaient à présent. Un silence plus lourd que du plomb étendit son joug sur l'assistance.

– À genoux, hommes de bien ! À genoux et que la prière nous sauve !

Thibault secoua la tête pour marquer son incompréhension mais se garda bien de se démarquer. Il s'exécuta à son tour en maugréant. Ce n'était pas la meilleure façon de faire connaissance avec le prêtre de Moncontour…

Ce dernier s'était lancé dans une litanie qui semblait ne jamais vouloir prendre fin. Il scandait de longues phrases, qu'il ponctuait de vibrants « alléluia ! » et de signes de croix outrés. Thibault réalisa qu'on ne plaisantait guère avec de telles pratiques, dans la cité : tous les hommes, même les plus fêtards d'entre eux, s'appliquaient à répondre au religieux et reproduisaient ses gestes avec application.

L'homme en noir dévisageait ses ouailles les unes après les autres :

– Vous le savez, mes frères, la Bête a frappé longtemps en notre bonne ville. Mais Dieu nous est venu en aide, oui ! Il a guidé la main de notre seigneur Conan et lui a permis de nous débarrasser du Malin ! Demain, oui, demain, nous serons enfin libérés de ce monstre. Alléluia !

– Alléluia ! répondit la foule en écho.

Thibault releva la tête, comme le prêtre passait à sa portée. L'homme était grand, puissant. Sa robe noire mettait en valeur ses épaules de lutteur et ses sabots frappaient le carrelage de l'auberge. Ses cheveux longs, d'un blanc laiteux, encadraient un visage émacié aux yeux profondément enfoncés. Ses lèvres fines s'ourlaient sur un rictus gourmand.

– Mais il est une chose, mes frères, qui ne peut attendre ! Nous devons, *chacun d'entre nous* doit à présent mener une sainte quête !

Les hommes se relevaient l'un après l'autre, sans discuter.

– Il faut les retrouver, oui, il faut les retrouver toutes afin que chacun puisse assister demain à la victoire de Dieu et de Sa loi !

Thibault, ébahi, se redressa à son tour. Le prêtre l'avisa soudain et s'approcha de lui à grands pas. Il saisit l'écuyer au creux du bras, enfonçant ses doigts puissants dans ses chairs :

– Ah ! Chevalier ! C'est Dieu qui vous envoie ! Vous nous rejoignez pour mener à bien cet ultime combat.

Thibault eut peine à conserver son flegme. L'homme était inquiétant, ses yeux vous transperçaient le cœur et l'âme…

– De quelle quête parlez-vous donc ? commença-t-il.

– Mais des têtes, je parle des têtes !

Réalisant l'air effaré de Thibault, le religieux se pencha vers lui :

– Vous êtes sans doute arrivé depuis peu. Venez, je vais vous expliquer.

Et sans attendre d'assentiment, il entraîna Thibault à l'extérieur de l'auberge. La foule leur emboîta le pas, à distance respectable.

– La bête qui a terrorisé Moncontour s'acharnait sur nos protecteurs, haleta-t-il.

Thibault se laissa guider vers l'église. Le prêtre s'arrêta devant les statues que le jeune homme avait découvertes un peu plus tôt. Il les lui désigna d'un geste ample :

– Voilà, éructa-t-il. Les saints qui veillent sur

notre église, odieusement décapités par la bête ! Et on a déposé, à chaque nouvelle profanation, une tête grimaçante, une tête humaine prélevée sur un malheureux !

Thibault grimaça et s'approcha des statues, feignant de les découvrir pour la première fois. Le religieux le prenait à témoin, intarissable :

– Un sacrilège, oui ! Une attaque de notre culte, un acte impie !

Il passa les doigts sur l'un des cous dénudés et les présenta alors à la foule, qui étouffa des cris en observant les gouttes poisseuses qui ruisselaient, rougissant ses phalanges. Sa voix s'éleva, et couvrit les lamentations des villageois :

– Certains saints n'ont pas pardonné la souillure, mes frères. Leurs statues ne se sont jamais asséchées ! Gardons-nous de leur courroux !

Chapitre XXIII

Thibault était resté près des statues, dans l'ombre de l'église. Il observait le dos du religieux, qui avançait en présentant la main aux villageois effrayés. L'écuyer mesurait maintenant le pouvoir de fascination du prêtre sur la foule : les hommes fermaient les yeux et se frappaient le poitrail, les femmes gémissaient, les mains croisées sur les seins. Tous psalmodiaient des prières, se signaient avec frénésie. La tension montait, elle devenait palpable. Le prêtre tournoyait dans leurs rangs, improvisant un ballet dont les danseurs répondaient aux ordres de ses doigts ensanglantés.

Thibault se reprit. Réalisant que plus personne ne lui prêtait attention, il se hissa donc sur la pointe des pieds et inspecta les statues. Il constata que leurs cous étaient recouverts d'une croûte déjà ancienne. Tous les saints protecteurs avaient fait l'objet d'une même macabre mise en scène : on les avait recouverts de têtes humaines fraîchement tranchées, qui avaient achevé de se vider sur leurs supports de bois. Pourtant, une seule des sculptures était encore poisseuse...

L'écuyer réprima un frisson : *se pouvait-il que le sang ne coagule pas, sur ce saint* ? Il chassa cette idée saugrenue en passant le doigt sur la surface gluante. Le sang qui la recouvrait était bien récent, mais il avait été étalé sur une croûte plus ancienne. Que cachait donc cette mascarade ? Le prêtre désirait-il convaincre les villageois crédules de se lancer à la recherche des têtes égarées ? Voulait-il les rallier à sa cause en les terrorisant ? Ou bien fallait-il chercher une autre raison à un tel geste ? Un motif plus inavouable, plus... *malin* ?

L'écuyer oscillait sur le fil du rasoir : quel était ce souffle de démence qui gelait sa raison ? Il secoua la tête, refusant d'accorder crédit à cette folie. Il se détourna de la statue et reporta son attention sur la place, où le religieux achevait sa démonstration.

Les villageois s'étaient agenouillés et levaient à présent les mains au ciel en implorant le pardon du Créateur. Thibault sursauta en découvrant les troubadours au milieu d'eux. Taureau, La Fouine,

La Pie, Ninon : tous, ils avaient imité les habitants de Moncontour et formulaient d'improbables prières. L'écuyer pesta quand le regard de Ninon se porta vers lui. D'un geste vif et sans équivoque, elle l'enjoignit à faire de même. Sans plus réfléchir, il posa à son tour un genou à terre et baissa la tête.

Juste à temps, car le prêtre revenait vers lui :

– Ah, Chevalier ! Je reconnais bien en vous un digne serviteur de Notre Seigneur !

Il saisit Thibault à l'épaule et l'aida à se relever. Son regard enfiévré hypnotisait le jeune homme :

– Sans doute accepterez-vous de mener une battue, ou tout du moins de conduire un groupe de recherche à travers la ville ?

Thibault comprit aussitôt la manœuvre. Il s'était laissé piéger : jamais un chevalier ne refuserait son aide à un représentant de l'Église. Il s'entendit accepter la « sainte mission » sous les vivats de quelques hommes qui s'approchaient de lui.

– Nous sommes prêts à vous suivre, Mon Seigneur ! lui assura un paysan au teint rougeaud et à la mâchoire carrée.

– Ouais, renchérit un vieillard aux yeux brillants, on n'a pas peur du démon ni de ses suppôts. On a eu la Bête, on aura ses complices !

Les autres ponctuaient chacune de ces déclarations en hochant la tête de concert. Thibault réprima un mouvement d'humeur : il n'avait que faire de tels agités ! Il considéra sans aménité les brutes qui se dressaient devant lui. L'alcool ingurgité plus tôt dans la soirée leur brouillait les sens, il faudrait composer…

Il lança un dernier regard en direction du prêtre, qui ne lui prêtait plus attention, occupé qu'il était à distribuer les rôles, à constituer d'autres équipes. Thibault ricana : décidément, le « saint homme » jouait à merveille.

Considérant dans un soupir les villageois qui l'entouraient, il déclara d'une voix assurée :

– Fort bien. Nous inspecterons donc les ruelles de Moncontour.

Il pensait déclencher un tonnerre de protestations mais, contre toute attente, les hommes s'empressèrent d'ouvrir la voie vers les venelles des alentours. L'écuyer en conclut aussitôt que les fiers-à-bras, sous leurs allures bravaches, tremblaient à l'idée d'organiser une battue à l'extérieur des murailles. Ses nouveaux compagnons l'avaient secrètement béni de leur laisser l'occasion de pavoiser dans l'enceinte fortifiée. Il réprima un sourire et leur emboîta le pas.

Du coin de l'œil, il avisa les troubadours qui,

eux aussi, avaient été réquisitionnés pour cette parodie d'enquête. Taureau et La Fouine pestaient – et Thibault en conçut un certain réconfort.

Il s'enfonça sans plus tarder dans les ténèbres des ruelles. Là-bas, un villageois avançait en tenant haut une torche au-dessus de sa tête. Le halo vacillant lui dessinait une ombre grotesque, qui éclaboussait la muraille de l'église. « *Une ombre de danseur de sabbat, de serviteur du Malin* » pensa furtivement l'écuyer, avant de se mordre les lèvres. Il se concentra sur le porteur de flamme, bien décidé à ne pas céder à son tour à ce vent de folie générale.

Ils patrouillèrent ainsi pendant deux longues heures dans le silence des ruelles de Moncontour. Les habitants s'étaient barricadés chez eux, vidant les rues. Aucune torche, aucune lampe n'éclairait la ville. L'ombre y était opaque, plus profonde qu'au cœur d'un puits. De timides rais de lumière filtraient parfois de sous une porte, cicatrices blafardes sur la chair de la nuit.

– On vit ainsi depuis trop longtemps, lui confia un des hommes du groupe. On a beau avoir capturé la Bête, les gens n'y croient pas. Ils respireront mieux demain.

– Ouais, renchérit un autre, pour sûr ! Demain, la nuit n'aura pas la même profondeur. On aura fini par gagner…

Thibault dévisageait un à un ces hommes aux traits tirés. Il distinguait, dans la faible lueur de la torche, les profonds cernes qui soulignaient leurs regards. Il brûlait de leur poser des questions concernant cette « Bête » et la malédiction qui planait sur Moncontour, mais il redoutait des explications abracadabrantes, qui ne feraient qu'augmenter leur trouble. Du reste, chacun se comportait à son égard comme s'il se fut agi d'un compagnon de longue date, au fait de toute l'histoire du lieu.

Il se contenta donc de susciter des commentaires sur le prêtre. Ce fut le signal attendu par les hommes du groupe, qui s'épanchèrent sans compter :

– Le Père Anselme est là depuis longtemps, lui assura-t-on, c'est un saint homme. Il a secondé notre seigneur Conan, et a lutté chaque jour avec ferveur pour repousser les attaques de la Bête !

– Le Père Anselme a vu la Bête ! Il l'a repoussée, vaincue !

– Il l'a enfermée dans l'église, il a su faire appel aux pouvoirs du Tout-Puissant !

Tous, ils se mirent à parler, à égrener des

histoires mettant en scène cette « Bête ». Chacun y allait de sa version des faits, narrant à grands renforts de détails scabreux les méfaits du monstre qui avait régné sur Moncontour pendant des mois, semant la terreur dans les ruelles, frappant de jour comme de nuit, poursuivant son odieux projet de « remplacer les têtes des saints protecteurs par des masques contrefaits ».

C'était un conte terrifiant, de ceux qu'on réservait aux enfants à la veillée. Une histoire de croque-mitaine, à dresser les cheveux sur la tête. Le Père Anselme y jouait le rôle du preux, du serviteur de Dieu qui jamais n'avait faibli. Il était devenu, à cette occasion, plus qu'un symbole : une véritable icône, qui faisait ombrage au seigneur Conan lui-même…

Thibault avait toutes les peines du monde à trier le bon grain de l'ivraie dans cette avalanche de renseignements, tous plus délirants les uns que les autres. Il avait reçu une éducation religieuse succincte, mais restait en proie au doute. Ses convictions étaient fragiles, il n'accordait pas plus de crédit à la religion dominante qu'aux cultes mineurs… En revanche, les hommes qui l'accompagnaient dans cette patrouille nocturne étaient des convertis de longue date. Ils se libéraient d'un fardeau trop longtemps supporté. Ils cherchaient le repos, désireux de s'alléger le cœur et l'esprit à travers cette accumulation d'anecdotes sordides. Thibault se faisait l'effet d'un moine guerrier recevant les confessions de soldats avant la bataille.

Il prit soudain la mesure de leur souffrance, compatit et s'efforça de prêter une oreille bienveillante à leurs élucubrations. Ces hommes simples avaient vécu l'enfer, ils en avaient nourri des cauchemars récurrents, qu'ils avaient fini par confondre avec la réalité…

L'écuyer décida de tirer cela au clair en interrogeant d'autres villageois – moins avinés, si cela était encore possible à cette heure avancée – dès son retour à l'auberge.

La place était envahie par une foule nombreuse, quand il l'atteignit. Une forêt de torches s'élevaient, contrastant avec la noirceur des ruelles. Les flammes bondissaient vers le ciel étoilé, dansant au-dessus des têtes. Interdit, Thibault observa un moment le curieux manège avant de s'avancer dans la lumière. Des hommes et des femmes de tous âges se présentaient à la file devant le prêtre, dont la voix tonnait dans la nuit :

– Allons, plus vite ! Tout doit être prêt pour demain. Sinon, jamais cela n'aura le temps de sécher ! Allons, mes frères, vous œuvrez pour la gloire de Dieu, vous combattez le Malin !

Les villageois se débarrassaient de masses sombres, qu'ils entassaient au centre de la place, constituant un impressionnant monticule. L'image des paysans rentrant des champs en portant des fagots serrés revint aussitôt à la mémoire de Thibault. Bientôt, l'amoncellement ne fit plus aucun doute, cette pyramide de branchages ne pouvait avoir qu'une utilisation…

L'écuyer sentit un frisson lui parcourir l'échine : c'était un bûcher qu'on préparait ici !

Il se dirigea d'un pas nerveux vers l'auberge, tandis que dans son dos on dressait un tronc élagué, sous les directives exaltées du Père Anselme.

CHAPITRE XXIV

Thibault aperçut le tenancier, qui se tenait debout au milieu de l'entrée. L'homme était un quinquagénaire de petite taille, à la forte carrure :

– Entrez, seigneur, entrez ! Venez goûter la douceur de mon modeste établissement. Je suis Petit Louis Leguern, et je me ferai un plaisir de vous accueillir !

Thibault, l'œil mauvais, se pencha vers l'aubergiste et lui désigna d'un doigt le bûcher :

– Pour qui ?

Petit Louis éclata de rire.

– C'est pour la Bête, grasseya-t-il, le monstre qui va retourner en Enfer, avec les compliments de notre seigneur Conan !

Devant l'air incrédule de Thibault, Petit Louis rit de plus belle et l'invita à le suivre à l'intérieur. Il l'installa près de la cheminée et disparut un instant pour revenir avec deux gobelets et un pichet d'alcool. Il prit place en face du jeune homme :

– Permettez-moi de vous l'offrir, chevalier : nous avons tant à fêter, ce soir !

Il versa deux rasades de vin, trinqua avec son hôte et vida son verre d'une traite. Il rota et sourit.

– La Bête a fait régner la terreur à Moncontour pendant trop longtemps, reprit-il en s'essuyant les lèvres au revers de sa manche. Elle a massacré bon nombre d'entre nous, sans pitié, sans aucun discernement. Hommes, femmes, enfants… Tous ceux qui ont croisé sa route ont fini de la même manière : la tête tranchée, déposée sur le corps d'un des saints protecteurs, une horrible grimace gravée sur la face…

Thibault acquiesça et choisit de masquer son trouble en plongeant le nez dans son gobelet. Petit Louis attendit un instant, puis il remplit à nouveau les verres avant de poursuivre.

– Le commerce s'en est ressenti : les échanges extérieurs se faisaient rares, tout comme les clients. Les caravanes marchandes qui autrefois encombraient la place ne s'arrêtent plus. Pis encore, elles font le détour et préfèrent commercer avec Lamballe.

Il se pencha et reprit sur le ton du secret :

– Fort heureusement, Conan, seigneur de Moncontour, a repris les choses en main. Il a mené ses hommes sur la piste de la Bête. Lui-même n'a pas hésité à provoquer le monstre !

– Seul ? intervint Thibault en fronçant les sourcils.

Petit Louis acquiesça avec vigueur :

– Oui da ! Seul, il l'a défié ! On voyait notre bon seigneur partir à la nuit sur son cheval, et on priait, ça oui ! On priait pour le salut de son âme. Mais la Bête était trop maligne, elle savait Conan fin guerrier. Jamais elle ne l'a affronté, préférant s'en prendre à de pauvres gens !

– Mais qu'était cette « Bête » au juste ?

Petit Louis se raidit. Il se recula, s'adossa à sa chaise et se resservit un nouveau godet, qu'il vida avec application. Il semblait chercher ses mots :

– C'est… un être contrefait, *à l'image du Malin*, commença-t-il d'une voix peu assurée. Il est plus vilain encore que ceux qu'il avait voulu asservir !

– Des serviteurs ? s'enquit Thibault.

Petit Louis hocha la tête avec conviction :

– Oui, Mon Seigneur : les corps, *les corps décapités de ses victimes…* Certains les ont vus danser sous la lune, en une farandole satanique !

Il se tut, vérifia que personne n'avait surpris ses dernières paroles et se signa. Thibault, sceptique, dévisageait son interlocuteur. Quelle était la part de fantasme dans ce récit pour le moins surprenant ?

L'écuyer soupira. Il perdait son temps en bavardages inutiles. L'alcool aidant, les langues se déliaient, mais les esprits chaviraient et inventaient des contes à dormir debout. Il prit congé de l'aubergiste, lui laissa quelques pièces sur la table et sortit. Que lui arrivait-il ? Il n'avait rien à voir avec cet endroit, n'y connaissait personne... Que s'imaginait-il ? Qu'il était de ces chevaliers errants chargés de rétablir le Bien partout où ils allaient ? Se croyait-il investi d'une mission divine ?

– Tu es un usurpateur, siffla-t-il entre ses dents, un menteur, un voleur, un assassin. Demain, tu auras quitté cette ville, tu oublieras ce vent de folie !

Il rejoignit le campement. Ses compagnons avaient allumé un feu et discutaient, drapés dans les couvertures de laine récupérées sur les dépouilles de maître Lebihan et ses hommes.

– Un voleur et un assassin... murmura Thibault en avisant ses complices.

Il prit place auprès du feu. Personne ne lui accorda attention, tous écoutaient le compte-rendu de La Fouine.

– Nous avons eu raison de nous joindre à la

populace, mes frères ! Jamais je n'avais autant ri !

– Ne nous fais pas attendre, gémit La Pie, raconte !

La Fouine effectua une révérence appliquée, sous les rires joyeux des troubadours :

– Soit. Voici donc ce que j'ai appris sur l'histoire de cette ville – mais je doute qu'il y ait là matière à poèmes et chansons !

– Assez langui, explosa Taureau. Crache-nous ton histoire.

La Fouine se pinça l'arête du nez et prit une profonde inspiration :

– La « Bête » sévissait à Moncontour depuis des mois, voire des années…

Il avait étendu les bras, mimant une espèce de grande chauve-souris en esquissant moult grimaces qui arrachaient des larmes de rire à La Pie. Il s'approcha de Thibault et poursuivit :

– Grâce au courage des paysans, secondés par les soldats mandatés par le bon seigneur, on est enfin parvenu à la capturer.

Thibault ne goûtait pas au spectacle. Il se renfrogna :

– La « Bête », vraiment !

La Fouine imita l'accent des villageois en hochant la tête avec frénésie :

– Oui da, Mon Seigneur ! La battue fut menée

de nuit, et la Bête fut saisie… hier au soir ! Sous l'éclat de la pleine lune, chacun de ses poursuivants a pu assister à sa transformation. Oui da ! Il s'est transformé sous nos yeux ! Il était loup et courait en hurlant. Il a dansé sous la lune et l'instant d'après, il était là, tel que nous l'avons vu : laid, contrefait, à l'image du Malin… À voir son faciès, on ne pouvait douter que le monstre était possédé !

Il effectua une pause et s'assura que Taureau, Ninon et La Pie buvaient ses paroles.

– Il avait le diable au corps, reprit-il, et ses yeux, *ses yeux* ! On l'a enfermé sous l'église, aux bons soins du Père Anselme et de Dieu, ce Bon Dieu qui nous regarde !

La Fouine gesticulait, dansait sous les flammes du foyer, mimant en des poses grotesques les expressions des femmes apeurées qu'il avait fait parler. Chacune de ses pitreries déclenchait des avalanches de rire chez ses comparses. Taureau et La Pie s'étouffaient, ponctuant chacune de ses tirades de claques sur les cuisses ou de coups de coudes dans les côtes.

Seule Ninon restait insensible à son humour.

– Je déteste ces histoires de garou, glissa-t-elle à Thibault. On ne plaisante pas impunément avec le Malin.

L'écuyer était songeur. Il se contenta de hocher la tête, incapable de se prononcer. Qui avait raison, dans cette folle histoire ? Il se redressa soudain.

– J'y vais, déclara-t-il.

– Où ça, coassa Lucas, où vas-tu ?

Thibault s'enfonçait déjà dans les rues sombres de la ville.

– La Bête est enfermée sous l'église, répondit-il sans même se retourner. Je veux la voir.

L'écuyer était comme un [illegible] de [illegible] [illegible] [illegible]. Qui avait [illegible] doucement [illegible] ? Il se retint de [illegible]. [illegible]

— Oh ! [illegible]

Il [illegible] dans [illegible] de [illegible].

La [illegible] l'écuyer, [illegible] [illegible].

CHAPITRE XXV

Thibault fut rejoint par La Pie alors qu'il atteignait la grande place.

– Je te suis, compagnon, lui glissa le maître voleur. Tu pourrais avoir besoin de mes talents.

La place s'était vidée.

Les habitants avaient regagné leur logis, ou s'étaient décidés à fêter l'événement à l'auberge. Le Père Anselme avait opté pour cette seconde solution. Il buvait avec quelques hommes, accoudé au comptoir. On pouvait distinguer sa voix de stentor, couvrant celles des autres clients.

– Profitons-en, souffla La Pie.

Passant entre les statues décapitées, ils se glissèrent par la porte de chêne sculptée, qu'ils prirent soin de refermer derrière eux. L'église était plongée dans le noir. Seuls quelques cierges mourants luttaient encore contre l'obscurité, près de l'autel.

La Pie saisit Thibault par un bras et le guida à travers la nef. L'écuyer se laissa faire, impressionné par les facultés de son compagnon qui, comme les chats, paraissait s'accommoder de l'ombre.

– D'abord, inspecter l'ensemble, déclara le voleur.

Il s'empara d'une bougie, fouilla dans l'une de ses poches et en extirpa une petite lampe qu'il alluma. Il reposa le cierge avec précaution et adressa un clin d'œil à Thibault :

– Manquerait plus qu'on nous accuse de sacrilège ! ricana-t-il.

Sitôt dit, il entama une visite méticuleuse de la nef, tenant haut sa lampe. Ils ne tardèrent pas à découvrir une volée de marches qui s'enfonçaient dans le sol. La Pie passa un doigt sur ses lèvres, intimant le silence à son compagnon. Il entreprit de descendre les marches avec souplesse. Il paraissait glisser sur la pierre, et ne produisait pas le moindre son. Seul le discret grésillement de sa lampe et le halo lumineux trahissaient sa présence.

Thibault songea que le voleur n'aurait qu'à souffler la petite flamme pour se fondre dans l'obscurité. Peut-être même les voleurs de son espèce étaient-ils capables d'épouser les ténèbres, de s'y dissoudre ? Il manqua rire de sa bêtise – qu'allait-il s'imaginer là ?

Une exclamation étouffée le ramena à la réalité.

Parvenu au bas des marches, La Pie avait lâché une bordée de jurons. Thibault s'empressa de le rejoindre. Son complice s'était arrêté devant une porte, ajourée par une petite fenêtre munie de lourds barreaux. Le maître voleur présentait sa lampe devant l'ouverture et semblait absorbé dans la contemplation d'un curieux spectacle. Alors que Thibault s'approchait, il perçut une série de grognements.

La Pie l'invita à prendre sa place.

– Vois donc, dit-il d'une voix enrouée.

Thibault lui prit la lampe et jeta un œil à son tour. Il ne distingua tout d'abord qu'une forme avachie dans un coin de la pièce. C'était une cellule de dimensions modestes, un réduit dans lequel on devait entreposer d'ordinaire les objets de culte et le vin de messe. Pour l'heure, on en avait couvert le sol de paille humide – « arrosée d'eau bénite » songea l'écuyer.

La « Bête » y rampait, cherchant à se soustraire à la lumière. Thibault se pressa davantage contre la porte. *Quelque chose n'allait pas.*

Il comprit bientôt la cause de son trouble : les

grognements bestiaux qu'il avait perçus de prime abord étaient en fait des gémissements plaintifs, des cris inarticulés. On eût dit les pleurs d'un enfant en bas âge.

L'écuyer parla d'une voix douce, invitant la « Bête » à se montrer, l'exhortant au calme. Sans effet. Prostrée, la créature refusait d'approcher. Thibault insista un moment et finit par obtenir gain de cause. Il tressaillit quand la « Bête » se tourna, fixa une seconde la flamme avant de se retourner à nouveau en se couvrant de paille.

Thibault blêmit en réalisant la situation.

– J'ai déjà vu de tels monstres, murmura-t-il. En fait de bêtes, il ne s'agit que de malheureux difformes, à qui le Seigneur n'a pas voulu accorder l'intelligence. Ils naissent et meurent ainsi. Ils n'entendent rien aux choses du Mal, ce sont de parfaits innocents. Je ne peux croire que cet enfant soit responsable des crimes dont on l'accuse…

– *Qui va là* ?

La voix, puissante, avait tonné dans leur dos, les figeant sur place.

Chapitre XXVI

Thibault, sous le coup de la surprise, resta tétanisé. Ses oreilles bourdonnaient : « on va nous emprisonner, se dit-il, nous condamner comme complices de la Bête ». Le spectre hideux du bûcher flamboyait déjà devant ses yeux, et les flammes du brasier venaient lécher son visage empourpré. Il ne put contenir le tremblement de ses mains.

Derrière lui, la voix se fit plus forte :

– Allons, montrez-vous ! Qui ose ainsi pénétrer dans mon église ?

La Pie fit preuve d'une plus grande présence d'esprit. Conscient du trouble de l'écuyer, il pivota pour le masquer, s'avança vers les marches et présenta son visage sous le halo de sa lampe. Il gravit quelques marches et, parvenu à mi-hauteur exécuta une courbette servile :

– Ce ne sont que des visiteurs, affolés par les discours entendus ce soir…

– Ah ? répondit son interlocuteur avec méfiance. Montez lentement et présentez vos mains !

Identifiant le timbre de basse du prêtre, Thibault se détendit. La voix du religieux vibrait sous la nef, l'homme d'église se sentait invincible en sa demeure. L'écuyer reprit contenance et remonta à son tour.

En l'apercevant, Anselme manqua lâcher le lourd chandelier de bronze qu'il brandissait à bout de bras :

– *Vous* ici, chevalier ?

Il se tenait roide et les foudroyait de ses yeux inquisiteurs. Thibault s'efforça de sourire :

– Oui, mon Père. N'y voyez là aucune malice de notre part, mais nous avons été abreuvés de descriptions terrifiantes toute la soirée. Vos paroissiens sont peu avares de détails concernant cette… *Bête*.

Anselme cilla. Il lança un rapide coup d'œil vers l'entrée de l'église avant de reprendre, soupçonneux :

– Et que faites-vous ici ?

– Mon père, répondit La Pie en souriant, ne vous méprenez pas sur nos intentions : nous sommes venus vérifier qu'on ne s'est pas moqué de nous ce soir. Ce ne serait pas la première fois que des paysans s'amusent à nos dépens, ce qui n'est, somme toute, que juste retour des choses…

Le prêtre se détendait peu à peu. Ses yeux vagabondaient de l'un à l'autre, cherchant à percer d'éventuels mensonges.

Thibault revint à la charge :

– Je suis Jehan de Kermarec. J'ai juré, comme tous mes pairs, de mettre mon épée au service du Bien et de toujours combattre les Forces du Mal. Vous comprendrez, mon Père, que de telles descriptions demandaient à être vérifiées.

Anselme n'était pas dupe. Il esquissa pourtant un sourire, sans écarter ses lèvres fines. Ainsi, sa bouche était comme une plaie cicatrisée en travers de son visage. Il hésita un moment, puis parut se raviser – il n'était jamais bon d'accuser à la légère un chevalier, fût-il sans terres.

Thibault comprit que la partie était gagnée. Le regard de La Pie en disait long. Le voleur s'apprêtait à prendre congé, mais Thibault jugea la manœuvre malhabile. Il retint son comparse par le bras et s'approcha du prêtre.

– J'ai commis une faute, avoua-t-il. J'aurai dû, il est vrai, m'adresser à vous. Mais j'ai eu peur de passer pour un benêt : les paysans aiment parfois à se gausser des étrangers.

Anselme hocha la tête, miséricordieux :

– Je comprends votre gêne et je vous pardonne cette intrusion sans conséquence. Mais vous devez savoir que les risques sont bien réels, car nul n'est à l'abri de quelque maléfice de la Bête !

Pour appuyer sa déclaration, il les invita à le suivre et descendit les marches.

– Venez, je vais vous montrer.

Thibault n'en demandait pas tant. Le visage fermé, il suivit le religieux. La Pie, après une seconde d'hésitation, se décida à l'imiter. Le prêtre retrouvait sa faconde. Il leur désigna un crucifix accroché au mur du corridor, puis un calvaire sculpté au-dessus de la porte du réduit :

– Notre Seigneur est là, qui veille et interdit toute fuite au monstre, expliqua-t-il à voix basse. Comme vous l'avez vu, la Bête est enfermée dans la sacristie. Elle fut capturée la nuit dernière, à l'issue d'une longue battue. Elle me fut ramenée au petit matin et j'ai procédé comme il est de coutume en pareil cas : la créature vociférait, se tordait de douleur devant la croix que je lui présentai. Il ne pouvait y avoir de doute, nous étions en présence d'un suppôt du Malin !

Il s'empara d'une lourde clé qu'il portait nouée autour du cou et fit jouer la serrure de la geôle. Derrière la porte, la « Bête » gémit sourdement et se ramassa dans un coin, en position fœtale. Anselme confia son chandelier à La Pie.

– Vous pouvez entrer, dit-il à Thibault. Vous ne craignez rien : le monstre est rendu inoffensif par les prières et la présence de notre Seigneur. De plus, la pièce a été consacrée à l'eau bénite.

Il se pencha vers le prisonnier et lui saisit les cheveux sans ménagement :

– Regardez, dit-il, vous allez comprendre.

Thibault s'approcha et put voir les traits du simple d'esprit. Le malheureux grimaçait sous l'effet de la terreur. Il geignait et proférait des séries de sons inarticulés, roulant des yeux en tous sens. Avec une mimique écœurée, Anselme le repoussa. La Bête partit en rampant vers une autre extrémité de sa cellule.

Le prêtre se redressa et frappa dans ses mains, satisfait.

– Alors, demanda-t-il, vous avais-je menti ? N'est-ce pas là le faciès d'un serviteur du Mal ?

Thibault, effaré, se força à acquiescer. Il ne savait quelle attitude adopter : le religieux allait condamner un pauvre hère, dont le seul tort était de ne pas avoir les traits réguliers. Il tourna les talons et sortit précipitamment de la pièce. Ses mâchoires étaient douloureuses tant il serrait les dents. On allait brûler vif un innocent, un crétin ramassé dans la forêt, incapable de s'exprimer, de se défendre…

Dans son dos, le prêtre fermait la porte avec soin. Il fit disparaître la clé sous sa soutane et récupéra son chandelier des mains de La Pie.

– Remontons, si vous le voulez bien.

Ils s'installèrent sur les bancs, dans la nef, et Anselme entreprit de leur narrer l'histoire du monstre :

– La Bête frappe dans Moncontour et ses environs depuis cinq ans déjà. Méfiante au début, elle s'enhardit peu à peu, déchiquetant jusqu'à trois victimes par semaine. J'ai averti il y a longtemps déjà l'évêché, mais aucun exorciste ne fut dépêché sur les lieux – il y a tant à faire, dans ce pays soumis à l'influence de cultes impies !

Anselme s'arrêtait entre deux tirades, semblant chercher ses mots. Il leur parlait comme à des enfants incapables de saisir toutes les nuances d'un récit. Agacé, Thibault s'efforçait de ne rien laisser paraître, attendant que le prêtre daigne reprendre le cours de son récit.

– On pensait à un loup, ou un ours enragé… Pourtant, des signes ne trompaient pas : ses victimes étaient pour la plupart des femmes ou des jeunes filles que l'ont retrouvait atrocement mutilées.

Avisant l'air dubitatif de La Pie, le religieux s'interrompit et le foudroya du regard :

– Êtes-vous de ces hommes de l'ombre que séduit le Malin ?

La Pie s'empressa de le détromper, levant les yeux à la voûte et exécutant des signes de croix appliqués. Rasséréné, Anselme acheva son résumé :

– Si elle a agressé ses premières proies aux alentours de Moncontour – comme cette pauvre Jeanne, la première victime retrouvée en charpie, au lavoir – elle s'est aventurée dans les murs même de la ville ces derniers temps, n'hésitant pas à massacrer dans les ruelles de Moncontour et disparaissant comme par enchantement… *ou sorcellerie*.

Il les dévisagea avec insistance, comme pour présumer de leur capacité à comprendre, et se releva soudain :

– J'ai d'autres preuves à vous montrer.

Avec des airs d'intrigant, il les entraîna derrière l'autel. Une porte s'ouvrait au fond de la nef, menant vers de petits appartements à la simplicité monastique : un lit clos, une table et un banc de chêne, une armoire fermée. Au pied du lit, un simple coffre de bois était ouvert. Anselme s'y pencha et en sortit une serpe brillante :

– Voilà ! déclara-t-il, triomphal. Voilà l'arme avec laquelle la Bête décapitait ses victimes ! La serpe : le symbole des cultes anciens !

Éberlué, Thibault considérait l'outil. Anselme, bon prince, approcha l'arme de la flamme des bougies. Il joua avec les reflets sur la lame, puis tendit la serpe à Thibault qui s'en empara à son tour. C'était un outil remarquablement entretenu, au fil tranchant, sans une marque de rouille. Le manche de bois était lisse et propre.

Anselme jubilait.

– On voit à quel point le monstre s'inquiétait de l'entretien de son arme impie, haletait-il. Quand on l'a surpris, il dormait, roulé comme une bête au pied d'un chêne, la serpe posée contre son cœur !

Il s'interrompit pour toiser Thibault.

– Vous faudra-t-il d'autres preuves de sa culpabilité, chevalier ? Il sera convaincu demain de commerce avec le démon et la justice divine sera appliquée !

Thibault hocha la tête en silence. Il feignit d'admirer les qualités de déduction de son hôte, s'appliqua à le complimenter et échangea quelques propos sans intérêt avec Anselme avant de prendre congé. Un arrière-goût d'acide lui rongeait la gorge.

Il s'éloigna à grands pas, La Pie sur les talons, et s'en retourna au campement. Là, il s'empara d'une gourde de vin et éclusa de longues gorgées. Quand il sentit la brûlure de l'alcool au fond de son estomac, il se laissa choir près du feu.

– Eh quoi, s'inquiéta Taureau, vous en avez mis un temps !

La Pie dansait d'un pied sur l'autre, incapable de rassembler ses esprits. Il invita Thibault du regard, mais l'écuyer ne trouvait pas ses mots. Ninon vint s'asseoir contre lui et lui ébouriffa les cheveux d'un geste tendre :

– Alors, chevalier, qu'en est-il de la Bête ?

Thibault releva la tête et lui adressa un pauvre sourire. Il ferma les yeux et prit une profonde inspiration :

– C'est la triste histoire d'un malheureux qu'on va conduire demain sur le bûcher…

CHAPITRE XXVII

Thibault dormit mal cette nuit-là. Longtemps, il tourna et retourna sur lui-même, serré dans ses couvertures sans parvenir à trouver le sommeil. Quand il sombra enfin, il fut emporté par un rêve effrayant.

Il s'en échappa à plusieurs reprises, les cheveux collés au visage, la bouche ouverte, happant l'air à grandes goulées. Las, chaque fois, il replongeait dans un état de semi-hébétude… pour sombrer à nouveau dans son cauchemar récurrent.

Il y était poursuivi par une horde de représentants de la « Vraie Religion », des hommes à forte stature, portant chapeaux à larges bords comme ceux des paysans, mais vêtus de longues soutanes couleur de nuit. Thibault fuyait, éperdu, à travers une ville inconnue, tandis que le labyrinthe des venelles se refermait pour mieux le happer. Maintes fois, il s'était arraché à l'étreinte suffocante, roulant dans la boue ou sur les pavés durs et froids. Toujours il se relevait, haletant, et repartait de plus belle, tandis que les murs s'écartaient pour livrer passage à la meute de ses poursuivants vociférants. Alors l'écuyer, les poumons en feu, atteignait une longue place au bout de laquelle s'ouvraient les portes d'une église. Il contournait à longues enjambées le bûcher qui s'embrasait à son passage, puis plongeait à l'intérieur de la nef. Là, il traversait l'édifice sans plus pouvoir s'arrêter, comme au cours d'une chute étrangement ralentie. Il se heurtait au mur du fond, faisait volte-face et peinait à se retourner. Dans son dos, le martèlement des sabots de ses poursuivants cascadait comme une avalanche de rocaille en montagne. Il se retournait, découvrait autour de lui les statues. Les saints grimaçants le narguaient. Il pouvait voir leurs visages immondes, aux joues déchirées sur des dents luisantes. Les sculptures éclataient alors d'un rire dément et se mettaient à jouer du tambour. Elles frappaient les peaux tendues, frappaient, frappaient encore… Thibault tombait à genoux, portait les mains à ses oreilles pour échapper à leur vacarme assourdissant, et son hurlement montait se perdre sous la nef.

Il s'éveilla en sursaut, le visage ruisselant. Il battit des cils, et le décor cessa peu à peu de tournoyer devant ses yeux. Un bruit de tonnerre résonnait contre les hautes murailles de la ville. Il distingua à contre-jour la silhouette massive de Taureau, qui se grattait la nuque.

– Foutredieu, commenta le colosse, quelle nuit !

Il se tourna vers Thibault, hilare :

– Sacré cauchemar que j'ai fait suite à tes récits, l'ami ! Tu ferais un fameux conteur, tu sais, j'en avais la tripe retournée !

Il se pinça l'arête du nez et grogna :

– Tambours du diable, éructa-t-il, ils vont donc sonner ainsi jusqu'à la nuit ?

La Fouine revenait au campement. Il portait une énorme miche de pain, ainsi qu'un pichet.

– La grande fête se prépare, annonça-t-il, hilare. Il faut voir la place ! Dépêchons-nous, c'est l'occasion rêvée d'y récolter quelques piécettes !

Il s'accroupit auprès des braises agonisantes du feu de camp, et répartit le pain. Il en offrit une portion à Thibault :

– Tu veux un peu de lait ? L'aubergiste me l'a offert… Il fait salle comble depuis l'aurore. Personne ne veut manquer l'exécution. C'est à se demander s'il a fermé son établissement dans la nuit !

Thibault mordit dans le pain qu'il mâchonna un moment en silence. Les lambeaux de cauchemar tardaient à disparaître, l'écuyer y était englué. Il se sentait vide, sans forces ni volonté. Il saisit le gobelet de lait que La Fouine lui proposait.

Les roulements de tambour retentissaient toujours au long des venelles… L'écuyer but. La boisson tiède lui caressait la gorge. Il mangea encore en silence, puis se rallongea. L'esprit embrumé, il prenait peu à peu conscience de sa situation.

– Quels sont ces tambours ? marmonna-t-il.

– Des crieurs, répondit La Fouine. Ils annoncent à qui veut bien les entendre la venue du seigneur. Notre homme arrive flanqué d'un exorciste. Ils assisteront tous deux au bûcher. On a dressé des bancs, une estrade…

Taureau s'approcha à son tour. Il parlait la bouche pleine :

– La Pie et Ninon sont à pied d'œuvre ?

– Oui, et La Pie a déjà commencé sa récolte.

Thibault fut secoué d'une violente toux.

– Qu'est-ce que tu dis ? coassa-t-il.

La Fouine, contrarié, souleva un sourcil en le dévisageant :

– De quoi te mêles-tu ? Nous savons ce que nous avons à faire…

Taureau prit le relais :

– C'est ainsi que nous vivons, l'ami. Chacun de nous exploite ses talents et les met au service du groupe. Ninon soustrait des oboles de-ci, de-là. S'il le faut, elle n'hésitera pas à écarter les jambes pour un bourgeois fortuné. Quant à La Fouine… Bien malin celui qui le surprendra à délester un marchand ivre mort !

Il ponctua sa tirade d'un rire appuyé. Thibault sentit la rancœur l'envahir. Il ferma les yeux et les images de sa nuit passée contre le ventre de la jeune femme lui revinrent en mémoire. Il se remémorait sa chaleur, la douceur de sa peau, son parfum… Il rejeta sa couverture et se releva d'un bond.

– Fort bien, déclara-t-il. Je vais donc moi aussi jouer mon rôle.

Sous les regards inquiets des deux troubadours, il s'empara d'un broc d'eau, se rinça les cheveux et le visage et s'habilla. Il enfila un pourpoint de Jehan de Kermarec et assujettit sa ceinture et sa lourde épée. Le vêtement n'était plus très jeune, mais son tissu épais et le soin qui avait été apporté à sa broderie lui donnaient encore fière allure. Il enfila ses chaussures, considéra un moment les pièces de son armure et les dédaigna au final.

Il se redressa et jeta un regard noir alentour.

– Je suis prêt, dit-il enfin, allons-y.

Taureau l'observa un moment avec circonspection, puis il haussa les épaules et se désintéressa de l'écuyer.

Thibault allongea le pas en direction de la place principale de Moncontour. Il avait besoin de se mêler à la foule, de respirer d'autres parfums, d'oublier un temps la compagnie de ses complices. Dans son dos, La Fouine s'était penché vers le colosse et forçait le ton :

– Le chevalier déteste que tu évoques les talents de notre tendron…

Thibault rentra la tête dans les épaules.

Les ricanements des troubadours lui brûlaient les oreilles.

Chapitre XXVIII

Au milieu de la place, on avait dressé des bancs sur une estrade sommaire. De lourdes tentures encadraient cette tribune. Ainsi, on pouvait croire à l'imminence d'une fête de village – la célébration des premières moissons, une réunion d'artisans… Ne manquaient plus que les montreurs d'ours, ou les jongleurs ! Pour s'en persuader, il suffisait au visiteur d'observer les visages des villageois et leurs sourires radieux. La liesse était générale.

Seule la silhouette du poteau de bûcher, et son monticule de fagots entassés les uns sur les autres rappelaient la raison du rassemblement. Les tambours sonnaient encore, frappés avec entrain par les aboyeurs qui scandaient les noms des nobles attendus.

Le Père Anselme, escorté de deux gardes,

tournoyait au milieu de la foule des badauds. Il répondait aux questions pressantes de ses ouailles, dispensait discours et poignées de mains rassurantes. Il aperçut soudain Thibault et lui adressa un large signe de la main :

– Chevalier de Kermarec !

Il fendit la masse des badauds pour rejoindre l'écuyer. Thibault se composa un visage de circonstance et lui rendit son sourire. Le prêtre vivait là son heure de gloire, il rayonnait :

– Vous arrivez bien, chevalier ! Il n'y aura bientôt plus de place pour assister à la cérémonie.

Thibault signifia son insouciance d'un geste évasif :

– N'ayez crainte, mon père, je trouverai toujours à m'installer.

– Vous n'y pensez pas, rétorqua l'homme en noir. Votre rang vous autorise à prendre place sur l'estrade ! Avez-vous déjà rencontré le seigneur Conan ?

Thibault secoua la tête :

– Je n'ai pas encore eu cet honneur.

– Il est vrai que vous n'êtes arrivé que depuis peu. Cet oubli sera bien vite réparé ! Venez, je vous présenterai.

Il posa familièrement sa main sur l'épaule du

jeune homme et l'entraîna en direction de l'estrade.

– Notre seigneur ne saurait tarder.

Thibault se laissa faire de bonne grâce. Il cherchait des yeux Ninon, mais la belle trobaritz restait invisible. En passant, il aperçut La Pie, attablé à un comptoir dressé contre une maison pour l'occasion. Le baladin affectait de s'y accrocher comme pris de boisson. Thibault ne se laissa pas abuser. La Pie dardait des œillades gourmandes vers les ceintures des bourgeois enjoués qui se pressaient autour de lui.

Thibault formula une prière muette pour que le voleur ne présume pas de ses talents : s'il venait à se faire surprendre, on l'arrêterait aussitôt. La foule était excitée, et personne n'aurait pu présager de ses réactions. On le lapiderait peut-être, ou on l'obligerait à nommer ses éventuels complices. Les baladins seraient capturés, tout comme ce chevalier qui avait déclaré les avoir embauchés…

L'écuyer revint soudain à la réalité : les tambours s'étaient tus, remplacés par un murmure qui allait grandissant.

Conan, seigneur de Moncontour, faisait son entrée, accompagné de son lieutenant, que l'écuyer identifia aussitôt : Arnaud de Louderen, l'arrogant soldat qui l'avait accueilli la veille. L'homme le reconnut à son tour et esquissa une mimique ironique. « Ainsi, semblait-il penser, le chevalier errant ose se présenter. »

Thibault soutint le regard de son vis-à-vis et se plaça sur le chemin de Conan, qu'il salua avec déférence. Le Père Anselme se chargea des présentations :

– Mon Seigneur, ce chevalier de passage en notre bonne ville s'est présenté hier soir...

Le châtelain de Moncontour portait barbe et cheveux longs et noirs. Ses yeux étaient comme des flammes sombres dans son visage à la mâchoire volontaire. Une cicatrice lui courait sur la joue droite, traçant un bourrelet qui encadrait son œil avant de mourir au milieu du front. Il dépassait Thibault d'une bonne tête, et son torse puissant était mis en évidence par un caparaçon de mailles. C'était un vieux soldat, à l'allure farouche. Il dédaignait les vêtements d'apparat, leur préférant des étoffes épaisses, choisies pour leur résistance plus que pour leur confort. Il était vêtu de sombre et voilait ses mains sous des gants de cuir pourpre. Il adressa un signe martial à Thibault qui baissa la tête :

– C'est un grand honneur, Mon Seigneur, balbutia l'écuyer.

Il luttait contre l'affolement. C'était la première fois qu'il se trouvait confronté à semblable situation, et il craignait par-dessus tout de commettre un impair qui révélerait sa véritable identité. Des images floues tournoyaient devant ses yeux : qu'aurait fait Jehan de Kermarec, en pareil cas ? Son maître délaissait souvent ces réceptions protocolaires, qu'il jugeait « réservées aux puceaux et autres futurs roitelets ». Il se consacrait uniquement aux tournois, s'installant toujours au plus près de la lice, tant il aimait « sentir les effluves de la bataille »…

Thibault se sentait plus démuni qu'un enfant devant Conan. *Qu'aurait fait de Kermarec*, oui, qu'aurait-il dit ?

Rassemblant tout son courage, il releva la tête. Conan le détaillait des pieds à la tête. Le regard du guerrier jaugeait ce jeune homme aux joues presque imberbes, à la peau trop douce. Thibault sentit un flot glacé lui couvrir les reins. Il s'efforça de sourire. Le seigneur de Moncontour esquissa un sourire de prédateur :

– Les nobles étrangers hésitent à fouler nos terres, depuis quelque temps… Quelles sont les raisons de votre visite, chevalier ?

– Je ne possède pas de terres, Mon Seigneur, et je vais ainsi de ville en ville, pour concourir aux tournois et me mesurer à mes pairs.

– Des tournois ? l'interrompit Conan, il y a si longtemps que nous n'en avons organisés ! Ma faucheuse se rouille au fourreau…

Il désignait la formidable épée qui pendait à son côté, une arme qui devait peser deux ou trois fois le poids de celle de Jehan de Kermarec. Sans doute fallait-il jouir d'une force herculéenne pour la manipuler. Pour sa part, Thibault se savait incapable de la soulever. C'était l'une de ces armes à deux mains, destinées à briser l'adversaire, à enfoncer son armure. Un glaive probablement sans fil, une poutre d'acier qui ne se souciait pas de percer ou de trancher, mais pouvait broyer l'ennemi, le réduire à néant à l'intérieur de son armure…

Thibault aurait voulu la contempler, mais l'épée dormait en son étui, comme un prédateur à l'abri de son repaire. En connaisseur, habitué à l'entretien des lames, l'écuyer hocha la tête :

– Il est vrai qu'une telle arme devait vous offrir de belles victoires, Mon Seigneur.

Conan le toisa en écarquillant les yeux. Il se redressa, adressa un regard complice à son lieutenant, puis bascula la tête en arrière en laissant jaillir un rire d'ogre :

– De belles victoires ! Ah !

Il partit d'un fou rire communicatif, et passa la main sur ses yeux pour éliminer ses larmes. Autour de lui, tous les membres de son escorte partageaient son hilarité. Arnaud de Louderen s'esclaffait, les gardes riaient de bon cœur. Même le Père Anselme se joignit à la fête.

Conan se reprit enfin, peinant à retrouver une respiration normale. Son visage s'était considérablement détendu. Il n'était plus ni sévère, ni hautain, mais considérait Thibault avec une certaine mansuétude, comme un maître sait pardonner à un élève dissipé. Il tendit la main et asséna une claque terrible sur l'épaule du jeune homme :

– Sachez, chevalier, que le fer de cette épée fut plus d'une fois baigné dans le sang des hérétiques, et qu'il fit rouler plus d'une tête dans la poussière ! Son acier s'est taillé sa route jusqu'en Terre Sainte, où il fit merveille : il a abreuvé des rivières de sang dans les sables du désert…

Conan parlait d'une voix sourde, presque douloureuse. Les yeux flous, il observa un moment de silence recueilli, tandis que des images de ces anciens combats lui revenaient en mémoire.

Thibault, à l'instar des autres convives, respecta le mutisme de son interlocuteur. Conan avait l'énergie d'un titan, et l'écuyer avait accusé le choc. Son épaule le lançait, mais il n'en laissa rien paraître. Il salua de nouveau le seigneur, qui se détourna de lui sans autre forme de cérémonie.

– *De belles victoires*, répétait-il comme une plaisanterie savoureuse.

Il s'installa au centre de la tribune. Au passage, Arnaud de Louderen avait lancé un sourire ironique :

– Daignerez-vous prendre place à nos côtés, chevalier ?

Il avait craché le dernier mot, sans masquer son dédain. Thibault ignora la provocation et suivit sans se faire prier. Ils furent aussitôt imités par le Père Anselme, ainsi que par quelques bourgeois influents – sans doute des drapiers qui avaient assuré la fortune et la renommée de la ville.

– Alors, tonna Conan, quand commence-t-on ?

Le Père Anselme s'inclina avec déférence :

– Un second prêtre est arrivé, Mon Seigneur. Il s'y entend plus que moi en ces rituels d'abjuration… Il est venu de Saint Brieuc, sous bonne escorte.

Thibault se contracta. « De Saint Brieuc », avait dit Anselme… L'écuyer espérait que la disparition de maître Lebihan n'avait pas été rapportée sur le chemin. Soucieux de dissimuler son trouble, il feignit de se passionner pour le discours du Père

Anselme :

– Il est en l'église, poursuivait ce dernier, il officie. La cérémonie ne saurait tarder.

– Bien, grogna Conan. On est mal installé, sur cette pauvre estrade, et j'entends ne pas m'éterniser ici. Va donc sommer ton comparse d'intervenir, et qu'on en finisse !

Le Père Anselme se raidit, mais n'osa rien objecter. Conan n'observait pas la retenue habituelle des seigneurs à l'égard des serviteurs de la Croix.

Le religieux se redressa, livide, et s'en fut vers l'église. Il en ressortit au bout d'un moment, accompagné d'un gros homme portant lui aussi soutane. L'obèse était tonsuré, et s'épongeait le front d'un foulard crasseux. Des auréoles de transpiration se dessinaient sur sa robe noire et ses sandales soulevaient des nuages de poussière. Il tenait une main crispée sur un crucifix d'argent, qui accrochait les rayons du soleil et les renvoyait en éclairs aveuglants. Les deux prêtres s'approchèrent de l'estrade. L'exorciste esquissa une révérence malhabile.

– Je suis le Père Ayguemon, commença-t-il.

– Alors, l'interrompit Conan d'une voix rogue, nous donnerez-vous bientôt ce pourquoi nous sommes venus ?

Ayguemon recula d'un pas, la bouche et les yeux ronds, sans parvenir à traduire sa stupeur – à l'évidence, l'exorciste n'avait pas pour habitude qu'on le traite avec le mépris réservé d'ordinaire aux paysans.

– Nous sommes prêts, seigneur, balbutia-t-il après avoir retrouvé la parole. Je… Nous avons observé les rituels préconisés par notre Mère l'Église et…

– Fort bien, poursuivit Conan sur le même ton. Alors, fais ton office sans plus tarder, j'ai hâte d'entendre le chant de cette bête au milieu des flammes !

Ayguemon se signa et fila vers l'église en soufflant comme un bœuf à l'agonie. Conan éclata de rire en observant la course pénible du religieux.

– Voilà prêtre qui attire la miséricorde… On se demande si, désireux de plaire à notre mère l'Église, il mange chaque jour à sa faim !

Les hommes acquiescèrent en riant. Conan se tourna vers Anselme, qui affichait une mine outrée.

– Au moins, reprit Conan d'une voix forte, ce religieux-là ne doit-il pas réclamer sans cesse. Il ne paraît pas manquer, lui. Je me demande si je ne devrais pas lui proposer ta place ! Qu'en dis-tu, Anselme ?

L'homme en noir affichait un teint cadavérique. Il pinça les lèvres et baissa les yeux :

– Mon Seigneur fera comme bon lui semble, souffla-t-il.

– Tu parles d'or, curé ! ponctua Conan. Je ferai selon mon bon vouloir, tu peux en être certain.

Il s'amusait du spectacle offert par le religieux. La foule ne partageait pas cet avis – Thibault surprit quelques visages courroucés, et des paysans se signaient, implorant sans doute la clémence des cieux à l'égard de leur maître…

Conan se frotta les mains :

– Bien. Il n'y a plus longtemps à patienter, nous allons bientôt pouvoir retourner au château et fêter l'événement.

Une clameur s'éleva alors, confirmant ses dires.

La Bête sortait de l'église.

Chapitre XXIX

Thibault enrageait à la vue du triste spectacle. Le simplet avançait, solidement encadré par deux brutes en robe de bure, qui dissimulaient leur visage sous des capuches relevées. Les bourreaux l'entraînaient sans ménagement vers le centre de la place. Le condamné, effrayé par la foule, aveuglé par la lumière du jour, se laissait tirer sans même penser à résister. On le maintenait sous les bras, et ses jambes glissaient sur les pavés sans le porter. On avait cru nécessaire de l'affubler de solides chaînes qui enserraient ses chevilles, ses poignets et son cou. La « Bête » se devait de recevoir le traitement adapté.

Les deux exécuteurs gravirent l'escabeau de bois qui menait au sommet du bûcher. Ils assujettirent le condamné au poteau au moyen d'une corde de chanvre. L'idiot n'avait toujours pas conscience du sort qu'on lui réservait. À peine les encapuchonnés l'eurent-ils laissé, qu'il entreprit de gigoter pour reprendre ses aises. Hélas, il était ligoté des épaules aux coudes. La foule laissait entendre des ricanements timides, qui se changèrent en éclats de rire quand le malheureux essaya de libérer son torse. Il dansait d'un pied sur l'autre, et remuait la tête de tous côtés, comme un pantin désarticulé. Ses gesticulations tiraient des larmes aux enfants venus assister à sa mort, et les commentaires des adultes allaient bon train.

– 'Fait moins l'faraud en plein jour ! entendit-on.

– Ouais, pour sûr ! Il a compris qu'il allait s'en retourner d'où il était v'nu !

Les diatribes fusaient, et bientôt la foule gronda à l'unisson. Conan, agacé, bondit de son siège. Il leva la main et obtint aussitôt un silence respectueux. Seuls les gémissements du pauvre simplet troublaient encore le calme revenu.

Thibault serra les poings.

C'était des appels au secours, les lamentations d'un chiot joueur au bout d'une laisse. L'idiot implorait ses nouveaux maîtres de lui laisser la liberté…

– À toi, prêtre, ordonna Conan. C'est ton heure !

Ayguemon s'approcha du condamné. Il gravit les marches et se pencha pour lui parler d'une voix tremblante. Le prêtre récitait des versets latins, auxquels le benêt n'entendait mot. Il se contentait de relever ses poignets et de les présenter au religieux, tentant en vain de lui faire comprendre qu'il voulait recouvrer sa liberté de mouvements.

Thibault sentit la nausée lui monter à la gorge. Il se contint avec difficultés et pria pour que personne ne s'aperçoive de son malaise. Là-bas, le prêtre reprenait d'une voix tremblante :

– Abjure le Malin ! Renonce à Satan et Dieu t'accueillera parmi les siens… Sauve ton âme !

Pour toute réponse, les râles du simplet s'élevaient en écho. L'exorciste, livide, brandissait son crucifix en psalmodiant :

– Lucifer, je te l'ordonne, quitte ce corps, abandonne cette âme que Dieu recevra bientôt !

Le condamné se tordait à présent de douleur. La corde s'enfonçait dans ses vêtements, meurtrissant ses chairs, mais il continuait de se débattre sans comprendre la source de son mal. Ses plaintes s'amplifièrent, couvrant les prières d'Ayguemon. Thibault, révolté, considérait le gros homme qui suait et soufflait en proférant sa sombre litanie : croyait-il seulement au pouvoir de ses prières ? L'écuyer en doutait.

Pressé d'en finir, Ayguemon expédia ses dernières recommandations à « la Bête ». Il adressa un signe aux bourreaux qui plongèrent des torches dans le bûcher pour y mettre le feu. Le prêtre quitta précipitamment son promontoire, abandonnant le malheureux à son sort.

Déjà, les flammes s'élevaient au-dessus des fagots crépitants, elles enlaçaient le condamné en une étreinte suffocante. Elles vinrent souffler leur haleine de fournaise à ses lèvres. Le malheureux geignait, ruant et se tordant. Son visage se déformait un peu plus sous l'effet de la douleur, il grimaçait, incapable de comprendre les raisons de son martyre. Des larmes inondaient son visage, aussitôt asséchées par la chaleur étouffante.

Il hurla soudain, tandis que les premières flammes dévoraient ses jambes avec voracité. Sa plainte se mua en cri inhumain, avant de s'étrangler.

Écœuré, l'écuyer détourna la tête.

Seuls les crépitements du feu troublaient encore le silence. Hébétés, les spectateurs peinaient à croire que c'en était bien fini de la Bête. Personne n'osait encore se réjouir : peut-être le démon allait-il soudain crever le rideau des flammes en ricanant, et s'enfuir en déployant des ailes membraneuses ? On restait les yeux rivés sur les flammes, pour se persuader que le cauchemar avait trouvé là son épilogue…

Les nobles se levèrent un à un, lassés du spectacle, bientôt imités par les notables. Là-bas, la silhouette charbonneuse achevait de se consumer au sein du brasier.

Thibault quitta l'estrade à la suite de Conan. Il s'éloigna tandis que s'élevait un concert de vivats dans son dos. La foule se délectait du spectacle. On savourait la délivrance, on jouissait de la défaite de la Bête…

N'y tenant plus, l'écuyer plongea vers l'auberge. L'ombre du lieu ne lui fut que de peu de réconfort. En fermant les yeux, il croyait sentir à son tour le baiser des flammes sur sa peau. D'un geste impérieux, il commanda à boire et engloutit d'un trait son verre.

Thibault, encore sous le choc, ne savait que penser. Il se remémorait les détails de l'exécution. Quand les premières flammes s'étaient dressées, il avait détourné la tête. Il lui semblait avoir croisé le regard de Conan, alors.

Le jeune homme frissonna à cette évocation.

L'image dansa sous ses paupières closes.

Les yeux du seigneur de Moncontour brillaient comme des braises.

CHAPITRE XXX

Thibault buvait trop, il en avait conscience mais s'appliquait à s'enivrer. Il voulait fuir, échapper à ces images qui le hantaient depuis quelques jours, oublier cette déchéance, cette descente aux Enfers qui le mettait à l'épreuve. Lui, l'apprenti paladin, l'écuyer qui rêvait de hauts faits, d'une existence héroïque, il se vautrait à présent dans la lâcheté, le mensonge. Il avait assisté sans réaction à la mise à mort d'un innocent, *il avait sali son âme*.

Car le benêt était innocent, il en était certain. Qui pouvait croire qu'un idiot au physique débile puisse, à l'aide d'une pauvre serpe, décapiter des statues de bois – voire de pierre ! L'homme ignorait la méchanceté, la haine, Thibault l'avait lu dans ses yeux. *On avait laissé mourir le malheureux*, on lui avait refusé toute miséricorde pour satisfaire la foule, pour ramener le calme dans les rangs de la population, mais la « Bête » courait toujours, l'écuyer en était persuadé.

Bientôt, elle frapperait à nouveau, elle égorgerait, violerait… Alors, sans doute, on pleurerait beaucoup, on gémirait comme celui qu'on avait plongé au cœur des flammes ce matin ! On se jetterait au pied du Père Anselme, on battrait sa coulpe avec ferveur, on prierait, on se lamenterait, on supplierait ce Dieu de miséricorde d'accorder son pardon – *et son aide*, ah, ah !

Thibault ricanait, des bribes de phrases sans suite jaillissaient de ses lèvres. Il levait régulièrement le bras, engloutissant de copieuses rasades d'alcool. La tête lui tournait et il s'en réjouissait : au moins serait-il délivré sous peu. Il s'abrutirait, s'effondrerait dans les vapeurs de l'ivresse. Il roulerait peut-être au sol et serait chassé de l'établissement à coups de pieds, comme ces épaves qu'on vomissait sur les pavés au petit matin…

Une voix hystérique hurlait dans son cerveau. « Non ! beuglait-elle. Ne fais pas ça ! Tu vas parler, on va te démasquer ! Tu seras puni, emprisonné ! Reprends-toi, *tu te condamnes* ! »

Mais la voix était lointaine, sans force.

Thibault la noya d'une nouvelle gorgée de vin.

Perçant le brouillard, une image furtive s'imposa soudain à ses yeux rougis. Il s'y accrocha comme un noyé à une planche salutaire. Là-bas, au fond de la salle embrumée, Ninon parlait à un homme. Ninon… *La Belette*… Thibault grimaça. Elle était si belle… et si garce !

Que ne lui avait-elle coupé la gorge cette nuit-là, plutôt que de l'entraîner dans de telles aventures ? Il serait mort en chevalier !

Il secoua la tête, abattu. Ses tempes bourdonnaient. Le décor dansait autour de lui. *En chevalier* ? Sinistre plaisanterie ! *En renégat*, oui, en usurpateur ! Il aurait obtenu une mort minable, sans gloire, revêtu de sa cotte chevaleresque, paré des atours d'un noble et saigné comme un gueux !

Il se releva et s'appuya du poing sur la table pour rétablir son équilibre. Il fixa le visage de Ninon, si lointain. La jeune femme souriait, de ce sourire qu'elle savait irrésistible. Il jura, et entreprit de traverser la salle pour la rejoindre. Ah ! Il allait lui dire son fait, oui ! Il la dénoncerait, la catin ! Ils allaient voir, ces troubadours assassins, ces brigands aux costumes colorés, qui l'emporterait au final !

Au bûcher ! Ils allaient tous finir dans les flammes et lui, Thibault, l'écuyer de Jehan de Kermarec, il réparerait sa faute, il obtiendrait le salut de son âme !

Il heurtait les tables, renversa quelques tabourets et parvint enfin auprès de la belle.

Levant sur lui des yeux des biches, Ninon l'accueillit avec chaleur :

– Ah, chevalier, vous arrivez bien ! Laissez-moi vous présenter Yann, le forgeron de Moncontour. Il me narrait une bien triste histoire…

Thibault lui lança un regard noir, mais fut incapable de proférer le moindre son. Les idées s'entrechoquaient dans sa tête. Il fronça les sourcils, hébété, et ses yeux effectuaient d'incessants va-et-vient du visage si clair de Ninon à celui, plus fermé, du forgeron.

L'homme était massif, il portait un tablier de cuir sur sa chemise aux manches retroussées. Il inclina la tête avec respect et lui tendit une chaise. Le jeune homme s'y effondra.

– Yann Le Correy, se présenta l'homme. Je suis honoré de vous rencontrer, chevalier.

– Je suis Thib… Jehan de Kermarec bafouilla Thibault.

Il posa son verre sur la table et vit que Ninon le foudroyait du regard. La trobaritz sentait venir avec angoisse le moment où, trop saoul pour se contrôler encore, son complice révélerait sa véritable identité à tous les clients de l'auberge.

Elle se composa pourtant une figure affable.

– Vous semblez goûter aux plaisirs de cet établissement, chevalier, susurra-t-elle.

– Oui, reconnut Thibault. Et ce petit vin est fort bon.

Il se tourna vers le forgeron et l'encouragea d'un geste large :

– Mais continuez, je vous en prie !

Il se désintéressa aussitôt de son interlocuteur pour dévisager outrageusement Ninon. La belle le méprisa, se concentrant sur le récit de Le Correy. Ce dernier s'éclaircit la gorge et poursuivit d'une profonde voix de basse :

– C'est ainsi que j'ai retrouvé ma pauvre Jeanne, odieusement mutilée. La Bête l'avait surprise au lavoir, alors qu'elle s'y était rendue seule. On est venu me chercher à ma forge, sans me dire ce qui s'était passé. Tout juste m'apprit-on qu'un grand malheur était arrivé. J'ai couru, comme un fou, jusque sur les lieux. Tous, ils entouraient son corps, ils pleuraient. Je les ai bousculés, j'ai hurlé et je l'ai vue… C'était…

Il se masqua le visage de ses mains et étouffa un sanglot.

La voix grave du forgeron, ses mots avaient remué Thibault. Dégrisé soudain, il sortit du brouillard de l'alcool en écarquillant les yeux.

Tout redevenait clair. Il fixait l'homme avec insistance, détaillant son visage aux traits enfoncés, ses yeux bleus, presque gris, délavés d'avoir trop pleuré. Ses mains puissantes, aux ongles brisés, laminés. Les innombrables escarbilles qui dessinaient des taches sombres sous sa peau.

La bouche ouverte, Thibault se répétait le discours de Yann Le Correy.

L'homme ne put poursuivre, la gorge nouée par l'émotion. Il bredouilla des excuses. Avant de prendre congé, il fouilla l'une de ses poches et en extirpa une petite boîte, qu'il offrit à Ninon avec un pauvre sourire :

– Tenez, c'est pour vous.

Ninon, incrédule, ouvrit le coffret et s'étrangla de surprise. Elle saisit délicatement un beau collier.

– Je ne peux, balbutia-t-elle, c'est trop…

Le forgeron secoua la tête de droite et de gauche :

– Gardez-le. Il pèse trop lourd sur mon cœur, mais je n'ai pas le courage de le détruire. Je ne peux l'offrir à personne, aucune des filles du village n'accepterait de le porter. De grâce, n'en prenez pas ombrage : je vous l'offre sans arrière pensée et sans amertume. Acceptez ce présent comme un hommage à votre beauté, et un témoignage de ma gratitude. Voilà bien longtemps que si bonne compagnie ne m'avait pas permis de m'évader un moment de l'océan de grisaille dans lequel je me noie un peu plus chaque jour. Ne nourrissez pas la plus petite inquiétude, je ne suis plus apte aux choses de l'amour. Je n'attends plus que l'ultime délivrance.

– Je vous salue, chevalier, lança-t-il à l'adresse de Thibault.

Puis Le Correy sourit une dernière fois à Ninon :

– C'était le collier préféré de ma chère Jeanne. Je le lui avais sculpté moi-même, quand nous nous sommes mariés. Voilà cinq ans déjà qu'elle est partie, et…

Comme sa voix se brisait, il tourna les talons pour masquer sa gêne. L'écuyer suivit sa haute silhouette voûtée, tandis que le forgeron traversait la salle d'un pas lourd pour atteindre la rue. Ninon, pour sa part, restait stupéfaite en contemplant le bijou magnifique.

Petit Louis Le Guern, l'aubergiste, rompit le silence lourd en posant un nouveau pichet de vin sur la table. Sa bonne trogne rougeaude rayonnait :

– Un brave homme, que ce Yann, vous ne vous êtes pas trompé, chevalier ! S'il est un villageois respectable à Moncontour, c'est bien lui.

Il baissa la voix et s'assura que personne ne l'écoutait avant de poursuivre :

– Il faut croire que le malheur frappe surtout les meilleurs d'entre nous. Voilà un homme serviable, aimé de tous, brisé par le chagrin à la disparition de sa femme. Ah ! C'était une femme, la Jeanne, une grande et belle femme qui faisait bien des jalouses dans les murs ! Elle aurait tourné la tête à plus d'un, ici, mais elle ne voyait que par Yann, son époux. Et on la comprend : ici, tout le monde l'aime ! Jeunes, vieux, tous se sentent à l'aise avec lui. Il a un mot gentil pour chacun, un compliment pour chacune. On le considère comme le père, ou le grand frère…

Petit Louis remplit les verres et trinqua avec Thibault avant d'ajouter, peiné :

– Une sale histoire, la mort de Jeanne. Massacrée, défigurée qu'elle était. On a même cru qu'elle avait été attaquée par un ours, tant sa dépouille était marquée ! Et puis, avec le temps, on a compris que la Bête avait signé son premier crime…

Il secoua la tête et bredouilla des excuses :

– Pardonnez-moi, je suis plus bavard qu'une pie !

Avisant Thibault, qui cherchait dans sa bourse,

Petit Louis eut un geste de dénégation :

– Laissez, chevalier, c'est pour moi. Vos troubadours ont assuré hier un bien beau spectacle dans mon auberge. Acceptez mon invitation en retour.

Thibault lui en fut reconnaissant. Il prit congé et quitta l'auberge en compagnie de Ninon.

Ils avançaient silencieux, perdus dans leurs pensées.

La place était vide en cette fin de matinée. La vie avait repris ses droits, les hommes étaient aux champs. Seule la silhouette macabre du bûcher trônait encore au milieu des pavés. Thibault se demanda si le prêtre attendrait que le vent finisse par abattre le poteau charbonneux, ou s'il se déciderait à le faire enlever par ses gens. Les religieux se montraient parfois friands de symboles, et l'exécution avait donné une belle occasion de rappeler le pouvoir de l'Église…

L'écuyer et sa compagne marchaient d'un bon pas pour rejoindre leur campement, quand une voix puissante retentit :

– Holà, chevalier !

Thibault crispa les mâchoires. C'était Arnaud de Louderen qui l'apostrophait de la sorte. L'écuyer fit face en demeurant sur ses gardes. Il n'aimait pas l'expression du lieutenant de Conan. Son sourire en coin n'augurait rien de bon.

– J'ai parlé de vos… *amis* à mon seigneur, dit ce dernier en dardant vers Ninon un regard concupiscent. Il… *brûle d'impatience* de rencontrer les baladins.

Thibault sentit son estomac se nouer.

– Fort bien articula-t-il d'une voix blanche. Quand désire-t-il que mes gens lui offrent spectacle ?

– Dès ce soir.

Arnaud de Louderen tourna les talons et lança par-dessus son épaule :

– Bien entendu, vous êtes convié, chevalier !

Ninon le regarda s'éloigner, soucieuse.

– Il ne t'aime pas, Thibault souffla-t-elle. Peut-être même a-t-il compris que tu étais des nôtres. Il faudra te méfier, au château.

Thibault restait muet. Il savait que son rôle serait plus périlleux encore, quand il aurait pénétré l'enceinte du manoir de Conan.

Chapitre XXXI

Tout l'après-midi, ils se préparèrent avec soin. On déballa la grande malle qui dormait au fond du chariot. C'était un coffre solide, fermé par un cadenas et recouvert d'une bâche de cuir. Thibault perçut une certaine solennité dans les gestes des baladins, qu'il s'expliqua à l'ouverture : le meuble de bois contenait toute leur fortune, il convenait de le manipuler avec précaution. Des costumes de scène, des balles, des quilles de jongleur parfaitement équilibrées, une guiterne au bois précieux et ouvragé, une citole à quatre chœurs, des gourdes de cracheurs de feu et, plus rare et précieux encore, un nécessaire à huiles et fards dont Ninon usait avec art. Chaque bateleur se para pour l'occasion de ses plus beaux atours.

On allait jouer une partie serrée, ce soir, pour ne pas décevoir le seigneur du château.

L'enjeu était de taille, comme l'expliqua La Fouine à Thibault :

– S'il nous juge aptes à l'amuser, il nous invitera de nouveau. Il se laissera amadouer. C'est pourquoi, dès ce soir, je m'arrangerai pour aller traîner aux cuisines et repérer la configuration des lieux. Au prochain passage, je saurai quoi prendre et où le trouver…

L'écuyer l'avait écouté sans sourciller. Il connaissait les penchants de La Fouine et ne se berçait pas d'illusion. Les bateleurs tomberaient vite le masque et redeviendraient bientôt la troupe de voleurs et d'assassins qui tenaient le destin de l'écuyer entre leurs mains, comme des marionnettistes s'amusant de leur pantin à fils.

Le jeune homme se contenta donc de hocher la tête en observant leurs préparatifs. Ils agissaient en professionnels consciencieux, soignant les moindres détails.

Ninon se glissa derrière l'écuyer. Il tressaillit en sentant la main de la trobaritz lui caresser le ventre avant de filer vers son entrejambes. Ninon s'amusa de son trouble.

– Ne sois pas en reste, chevalier, fit-elle avec un petit rire de gorge. Tu ne peux te permettre d'avoir pâle figure en comparaison de ceux que tu prétends avoir embauchés !

Il acquiesça et se dégagea d'un mouvement qu'il aurait aimé moins brusque. Il s'empara du sac de Jehan de Kermarec. Les vêtements étaient encore imprégnés de l'odeur de son maître défunt et Thibault les manipula avec égards. Il fronçait les narines et se faisait l'effet d'être un pilleur de tombes. « Tu agis comme ces malandrins qui retournent la terre pour violer le sommeil des morts et les dépouiller par-delà le sommeil éternel ! » se dit-il avec dégoût.

Taureau avait revêtu une paire de braies jaunes du plus bel effet. Torse nu, il s'appliquait avec soin une huile odorante sur le torse et les bras.

– J'ai acheté cette potion à prix d'or chez un herboriste, expliquait-il à Thibault en faisant rouler ses biceps impressionnants. Elle possède deux atouts : elle met en évidence le muscle en faisant briller la chair, et elle échauffe les sangs, de sorte qu'on peut fournir un effort plus violent.

– Tu n'en as pas besoin, déclara Ninon en lui déposant un baiser sonore sur l'épaule, tu es bien assez fort comme cela.

Elle se retira en faisant la grimace.

– Pouah ! lança-t-elle en s'essuyant les lèvres au revers de sa chemise, cette huile est répugnante, j'oublie à chaque fois !

La Fouine éclata de rire. Il prit La Pie à témoin :

– Admire-la donc, et vois comme elle fait la mijaurée ! C'est bien la première fois qu'elle se plaint du goût de Taureau !

Ninon haussa les épaules en leur jetant un regard méprisant :

– Et quoi, mes drôles ? Vous êtes-vous jamais plaints de mes services ?

Elle faisait voler sa robe de part et d'autres de ses jambes, lascive. Avisant leur galbe parfait, les deux troubadours feignirent de s'étrangler un moment, pour mieux repartir d'un grand rire.

Thibault n'était pas en reste. Il la dévorait des yeux, la trouvait très belle à cet instant. Il soupira :

– Bien. L'heure est venue, ne faisons pas attendre notre hôte.

Il se leva et ouvrit la marche. Ninon le rattrapa et le complimenta :

– Bravo, chevalier, tu as fière allure ainsi costumé !

Thibault rougit sans répondre. Il avait opté pour une paire de braies sombres et une chemise bleu nuit. Son épée au côté, il s'était drapé dans un manteau brodé aux armes de Kermarec – l'écusson de sable au pal d'argent y était surmonté de son heaume ténébreux.

Quand il se présenta en tête de la petite troupe, on l'introduisit dans la cour. Ils furent ensuite escortés jusqu'à la porte du castel. On les accueillit avec respect, et on les conduisit à la grande salle du château, sise au bas de la construction.

Comme La Fouine le repéra aussitôt, trois sorties étaient possibles : l'une donnait sur les cuisines, où l'on s'affairait, l'autre s'ouvrait vers la cour. La dernière devait mener à l'escalier qui prenait le donjon d'assaut.

La salle de réception était vaste. Depuis une cheminée imposante, un feu d'enfer dispensait une agréable chaleur. Les baladins en frissonnèrent de plaisir : après toutes ces nuits passées à la belle étoile, une soirée comme celle-là s'appréciait à sa juste valeur.

Thibault ne partageait pas leur enthousiasme. Il lui fallait rester sur ses gardes, ne pas commettre d'impair, respecter le protocole dont – il fallait bien l'avouer – il ignorait les plus élémentaires préceptes !

Une table somptueuse avait été dressée en demi cercle. Conan la présidait, devisant avec ses lieutenants, concluant ses déclarations fracassantes d'éclats de rire dignes d'un ogre. Aucune femme n'avait pris place au banquet, seuls des chevaliers à l'air farouche s'y tenaient.

Ils buvaient en riant.

– L'ambiance est déjà chaude, nota Taureau à voix basse. Il ne nous reste qu'à l'embraser…

Le seigneur de Moncontour feignit de noter enfin la présence de ses convives, qu'on lui avait pourtant annoncés avant de les laisser entrer. Il se leva, se dirigea d'un pas vif vers eux. Il adressa à Thibault une nouvelle claque magistrale sur l'épaule :

– À la bonne heure, chevalier ! brailla-t-il. Vous voici enfin !

Il détailla avec soin les bateleurs.

– Et voici les troubadours que vous avez engagés ! On m'a vanté leurs mérites. On dit qu'ils ont donné, dès leur arrivée dans nos murs, un spectacle savoureux.

Thibault ébranlé par la violence du coup, resta muet. Son épaule le faisait souffrir. Il soupçonnait le vieux guerrier de chercher à l'humilier devant ses pairs. Traitait-on toujours ainsi les chevaliers étrangers ? Les mettait-on chaque fois à l'épreuve ? L'écuyer se rembrunit. « Tu ne dois pas céder, se répétait-il, tu n'en as pas le droit, ne leur accorde pas ce plaisir. »

Volubile, Conan faisait les présentations. Les chevaliers présents se contentaient d'un bref salut de la tête. Comme le jeune homme s'en doutait, on l'attendait, on le jaugeait. Il fit bonne figure, renvoyant les regards hautains à chacun de ses vis-à-vis. Conan l'installa à sa droite, au côté de Arnaud de Louderen.

– Enchanté de vous revoir, chevalier, siffla le chef de la garde avec un sourire mauvais.

Ses mots sonnaient faux, mais Thibault ignora l'ironie. Il écoutait Conan avec déférence. Ce dernier ne tarissait pas d'éloges sur les bateleurs, quand son ton se durcit soudain :

– Je m'étonne cependant qu'un chevalier choisisse de partager la condition des gueux en dormant à leurs côtés, grasseya-t-il en coulant vers son interlocuteur un regard sombre. Qu'un porteur de l'épée autorise ses gens à donner spectacle dans une auberge, plutôt que d'en réserver la primeur au seigneur des lieux !

Thibault accusa réception de l'attaque. Il acquiesça.

– Mon Seigneur ne doit pas en prendre ombrage. Nous sommes arrivés tard, la nuit était déjà là. Et je n'étais pas sûr de la qualité de leur prestation, je ne les ai engagés que depuis peu, et j'ai préféré les mettre à l'épreuve, avant de vous proposer leurs services.

Conan le dévisageait avec insistance. Son

visage demeura de marbre, mais une étincelle alluma ses prunelles. Il parut apprécier la parade de Thibault. Il cherchait à percer le masque du jeune homme. Ses yeux rougeoyaient à présent.

Thibault réprima un tic qui lui soulevait la joue. *C'était le même regard de dément qu'il avait surpris pendant l'exécution.*

Contre toute attente, le seigneur de Moncontour n'insista pas. Il se redressa et réclama l'approbation de l'assistance d'un geste :

– Amis, sachons remercier ce chevalier sans terres qui dépense sa fortune pour nous offrir si belle aubade !

Les chevaliers applaudirent et gratifièrent Thibault de compliments, qui rivalisaient d'ironie. Thibault pâlit et les salua de la tête sans piper mot. Il se sentait menacé, car Conan le toisait de toute sa hauteur. Le colosse le surplombait et semblait jouir de son pouvoir sur ce jeune homme frêle, cet adolescent au physique fragile…

Semblant se désintéresser de sa proie, il se rassit, saisit un pichet de vin et remplit les verres :

– Trinquons, chevalier ! lança-t-il à Thibault.

Ce dernier s'exécuta, la mort dans l'âme. Il se sentait humilié, à la merci de ces brutes qui se moquaient de lui sans chercher à se cacher.

Les servantes avaient commencé leur ballet,

déposant de nombreux plats fumants sur la table. Viandes rôties, tranchoirs grillés abondaient. Les guerriers s'en emparèrent, mordant à belles dents, faisant goutter la graisse. Les sauces tachaient les nappes, poissaient les doigts.

Thibault se servit à son tour. La viande explosa dans sa bouche, saignante et musquée. Il apprécia son parfum et mordit de plus belle. Il se sentait une faim de loup… et s'étrangla. « Je… Je me conduis comme une bête, songea-t-il avec effroi, *je partage le repas des loups* ! »

La voix de Conan tonna soudain, le ramenant à la réalité :

– Que le spectacle commence ! hurla-t-il en portant sa coupe à ses lèvres.

Il buvait d'un trait, vidant son verre et se resservant aussitôt. Il mangeait vite, arrachant de monstrueuses portions de viande qu'il mâchait bouche ouverte, modulant des rots satisfaits pour signifier son plaisir.

L'image s'imposa à l'esprit de Thibault, glaçante : « Ce n'est pas un homme, *c'est un ogre*. Un ogre, parmi ses enfants… »

Croisant le regard de Taureau, il vit que le géant avait perçu son trouble. Thibault se reprit aussitôt : « Imbécile, tu es prompt à t'inventer des histoires ! Conduis-toi en chevalier, et non en gueux craintif ! »

Il reporta son attention sur Conan et surprit un discret mouvement. Le seigneur avait porté la main à une bourse, et en avait extirpé une feuille de soie, qu'il avait dépliée sur la table. Il y avait saisi une petite boule de pâte noire, qu'il porta à ses lèvres. Il la mâchonna longtemps, les yeux dans le vague, puis but d'abondance.

Intrigué, Thibault l'observait du coin de l'œil. L'écuyer n'osait cependant insister, craignant de susciter la colère de son hôte. Ce dernier s'appliquait de nouveau à se remplir la panse.

Chapitre XXXII

Taureau s'avança, tel un gladiateur dans l'arène. Il déballa ses barres d'acier et entreprit de les tordre avec application, dessinant des formes identifiables. Il grognait sous l'effort, ses muscles se tendaient dessinant sur sa peau une géographie dure et précise. Il rétablissait ensuite l'agencement des épaisses tiges d'acier avec autant d'aisance que s'il se fut agi de simples lames de mauvais acier… Mais les chevaliers ne lui accordaient guère d'attention, habitués qu'ils étaient de ces démonstrations de force. C'est à peine s'ils daignèrent lever un sourcil quand le colosse embrasa des torches avant d'entamer un étourdissant ballet de jongleur. Les flammes vrombissaient dans l'air, essaims brûlants et rageurs.

Taureau suait et soufflait, attentif à ne pas en laisser tomber. Seul Conan observait le colosse avec insistance.

– Une belle prestation de danseuse que tu nous exécutes là, finit-il par lâcher ! Mais sauras-tu nous montrer ta force ?

Surpris, Taureau manqua une torche qui roula à ses pieds. Ce fut le début de la catastrophe. Il reprit mal la suivante, se brûla cruellement et la laissa échapper en grognant. Les chevaliers s'esclaffaient, des lazzis fusèrent en rafales. Interdit, le baladin ramassa ses torches, qu'il éteignit avant de s'avancer au-devant de Conan.

– Mon Seigneur juge sans doute que mes prouesses ne sont pas à la hauteur de ses attentes…

– Tu l'as dit ! éclata Conan, l'œil mauvais. Je te parle de force, de vaillance. Tes barres de fer ne rendent pas les coups, pas vrai ?

Des éclats de rire accompagnèrent cette dernière tirade. Taureau avait pâli. Thibault redoutait le pire. Il pouvait voir le bateleur jouer des maxillaires, et s'attendait à tout. Il ne fut pas déçu :

– Si l'un de ces chevaliers le désire, déclara Taureau, je puis accepter tout combat à mains nues, n'étant pas autorisé à manier l'épée.

Un silence lourd retomba sur l'assemblée. Le bateleur avait contenu sa rage, mais la menace était réelle. Le défi avait claqué au visage des nobles.

Conan souriait toujours. Il paraissait séduit par la tournure que prenaient les événements.

– Soit, dit-il enfin. Je relève ton défi, l'ami !

– Je… Mon Seigneur, je ne sais si je puis accepter, hésita Taureau.

– Suffit ! aboya Conan. Je sais que tu n'as pas peur. Oublie ma condition. Tu n'affrontes pas le seigneur, mais un guerrier qui sait à quoi s'attendre ! Allons, prépare-toi.

Taureau feignit d'interroger Thibault du regard. Ce dernier acquiesça. Il n'était plus temps de se soustraire…

Conan se redressa lentement et étira sa carcasse massive. Il serra et desserra les poings. Ses phalanges produisirent un craquement sinistre. Il appela une servante à l'aide et se défit de son pourpoint, puis de sa chemise de lin, révélant un torse de lutteur. Thibault découvrit que le vieux guerrier possédait encore un physique d'athlète. Au vrai, l'homme avait su entretenir son corps. Ses muscles, au contraire de Taureau, étaient plus allongés, moins saillants. Mais ils étaient à n'en pas douter aussi puissants. Les fruits du maniement de l'épée plus que d'exercices destinés à les développer. Le seigneur de Moncontour avait entretenu avec soin la formidable machine de guerre qui avait fait sa renommée sur les champs de bataille…

Il agissait avec nonchalance, à dessein, afin que toute l'assistance puisse apprécier sa condition physique. Il se dirigea vers le centre de la pièce, sans un regard pour Taureau et y effectua quelques rapides mouvements d'assouplissement. Quand il fut prêt, il frappa dans ses mains.

– Qu'on nous apporte de l'eau, du sel, des linges, allons ! Plus vite !

Taureau, sourcil froncé, considérait son adversaire avec méfiance. Conan lui fit enfin face, un rictus malin plaqué sur les lèvres.

– C'est pour toi, l'ami, expliqua-t-il. Je t'ai observé pendant ta démonstration, et je me refuse à combattre un homme au corps recouvert de graisse.

Taureau blêmit. À l'évidence, le vieux guerrier n'avait perdu aucun de ses réflexes. Il calculait encore, soignait ses avantages. Le baladin dut se soumettre à une toilette rigoureuse, orchestrée par deux servantes rougissantes, qui le frictionnèrent au sel avant de le rincer abondamment et de le sécher.

Quand ce fut fait, Taureau se retourna vers Conan.

Vif comme l'éclair, le vieux guerrier surprit tout le monde en plongeant aussitôt sur son adversaire.

Des exclamations de stupeur éclatèrent ici et là, tandis qu'il cherchait à ceinturer Taureau de ses bras puissants. Mais le baladin avait anticipé la charge, effectuant un petit pas de côté pour présenter l'épaule. Un bruit mat se fit entendre, comme les deux corps entraient en contact.

Atterré, Thibault observait ce combat de titans. Les deux colosses s'étaient saisis aux mains, entrecroisant leurs doigts comme des serres animales. Chacun pesait de tout son poids, cherchant à faire ployer l'autre. Ils titubaient, arc-boutés sur leurs jambes, le torse plongé en avant. Ils suaient et soufflaient, les cheveux plaqués au visage. Des veines palpitantes avaient gonflé sur leurs cous, battaient à leurs tempes, mais aucun des opposants n'étaient décidé à céder. Il grimaçaient, dévoilant leurs dents. Des grondements montaient de leurs gorges.

Taureau prit soudain l'avantage. Il obligea son adversaire à poser genou à terre, et le surplombait maintenant de toute sa masse. Les lieutenants de Conan exprimèrent surprise et désarroi en laissant fuser des jurons. Ainsi, leur maître n'était pas invincible…

Taureau sentait la victoire proche. Il avait tant de fois terrassé ses ennemis avec cette technique… Il accentua sa poussée, et Conan s'affaissa, comme une poupée brisée.

Mais le vieux guerrier ne roula pas au sol : il pivota sur un genou, agrippant les mains de Taureau, qui bascula au-dessus de son épaule. Le géant parut s'envoler.

Thibault hoqueta de surprise, quand Taureau tournoya dans les airs avant de s'affaler sur le carrelage, dos au sol. Sa tête heurta le dallage avec un bruit sinistre et Taureau resta étourdi une seconde. Conan ne lui laissa pas le temps de reprendre ses esprits. Il bondit sur le baladin et, glissant ses bras noueux autour de sa gorge, entreprit de l'immobiliser.

Taureau réagit avec un temps de retard. Il se débattait mais déjà l'air lui manquait. Conan serra de plus belle, étouffant son adversaire.

– Abandonne, grinça-t-il, rends-toi ou tu es mort !

Taureau rua encore, mais ses forces l'abandonnaient. Il frappa le dallage d'une main molle, signifiant sa défaite.

Un concert de hurlements ponctua la victoire de Conan. Les chevaliers s'étaient levés, et brandissaient haut leurs verres. Thibault s'était levé lui aussi, mais ses regards se portaient sur le bateleur. Taureau gisait au sol et peinait à reprendre haleine. Le titan avait été foudroyé…

Autour de lui, les cris de joie se poursuivaient, et l'écuyer réalisa soudain qu'ils étaient semblables aux chants d'une meute de loups jurant allégeance au mâle dominant. Conan s'était redressé de toute sa taille, il avait ouvert les bras et tournait sur lui-même, une expression extatique plaquée sur le visage.

La victoire le transfigurait. Il était plus jeune, plus fort, plus… terrifiant aussi. Thibault déglutit avec douleur. Oui, c'était bien cela : *les lieutenants et leur seigneur agissaient comme une meute.*

Chapitre XXXIII

Thibault fit signe à La Fouine et La Pie, qui s'élancèrent au secours de leur compagnon. Ils l'aidèrent à se relever. Taureau était étourdi, et ne parvenait pas à recouvrer ses esprits.

– Je… Je n'ai pas feint de perdre, bredouilla-t-il. Il m'a *vraiment* battu.

Il parlait bas, l'œil sombre. Il s'arracha des bras de ses complices et partit à l'écart pour ruminer sa défaite.

– La peste soit de ce guerrier ! siffla La Fouine. Voilà bien la première fois que Taureau doit s'avouer vaincu. Je ne sais s'il acceptera la chose ou s'il s'en mortifiera…

La Pie secoua la tête, insouciant :

– Tu le connais aussi bien que moi, tu sais son habitude de toujours exagérer. Il oubliera, si nous l'y aidons. Il nous suffira de trouver quelques bonnes bouteilles, que nous partagerons devant le feu !

La Fouine était sceptique :

– Pas cette fois, mon frère, regarde-le. *Il est blessé*.

De fait, Taureau fulminait. Il balayait les alentours de ses yeux de braise et semblait attendre qu'on vienne le provoquer, pour passer sa ire sur le premier inconscient. Les valets l'avaient compris, qui évitaient de croiser le regard du colosse. Les trois baladins finirent par se réfugier aux cuisines, où on leur servit à manger.

Thibault avait assisté à toute la scène sans réagir. Conan se rhabillait en riant, content de s'être une fois de plus montré le plus fort.

– Foutre de démon ! rugit-il. Cela fait bien longtemps que je ne m'étais tant diverti !

Il revint à la table, s'empara d'un gobelet d'argent et le leva sous les yeux de Thibault.

– Trinquons, chevalier, s'écria-t-il. Je vous suis reconnaissant de m'avoir apporté tant de bonheur ce soir, nous en avions tous besoin !

Thibault lui retourna son sourire et leva son verre.

– Tout le plaisir est pour moi, Seigneur Conan !

Ils burent un moment et Conan reprit place à la

table pour engloutir force grillades. La graisse lui dégoulinait sous le menton. Il riait à gorge déployée et trinquait à tout va, apostrophant ses lieutenants et claquant les fesses des servantes.

Quand Ninon s'avança au devant de la table, le silence revint. La jeune femme esquissa un pas de danse, puis un autre… Tous la dévoraient des yeux.

La trobaritz se déplaçait avec une grâce toute féline, rythmant ses figures au son d'un tambourin. Ce fut un moment magique, une démonstration de toute beauté. Le temps semblait s'être arrêté dans la grande salle. On n'entendait plus que les pas de la danseuse, dont les pieds nus effleuraient le dallage, son instrument de musique qui résonnait haut sous la voûte, et les craquements des bûches qui se consumaient dans l'imposante cheminée.

Quand enfin elle salua, ils observèrent une seconde de silence recueilli, avant d'exploser en un tonnerre de vivats. Ninon pivota, les joues roses, et bondit vers les cuisines pour y retrouver Taureau. La Fouine s'avançait déjà, ses balles de jongleur en mains.

– Holà, la belle ! tonna Conan dans son dos. Tu n'entends pas nous quitter si vite ?

La voix du seigneur de Moncontour avait éclaté

dans la salle, tonitruante après le calme de la danse.

Ninon s'était figée.

Elle pivota avec grâce, salua à nouveau :

– Mon Seigneur, murmura-t-elle, je ne connais pas d'autres pas…

– Qui donc t'a parlé de danse ? explosa le guerrier. J'ai d'autres projets pour toi. Approche. Allons, viens là !

Elle parut hésiter, lança un regard vers Thibault qui resta de marbre. Alors elle contourna la table et vint se poster au côté de Conan, docile.

– Me voici, Mon Seigneur, minauda-t-elle.

– À la bonne heure, dit-il d'une voix forte. J'aime qu'on satisfasse mes désirs – et j'en ai beaucoup !

Son haleine était lourde, les relents d'alcool et l'excès de chair l'empuantissaient. Ninon fronça le nez mais s'efforça de sourire encore.

– Je ferai ce que Mon Seigneur désirera, articula-t-elle.

Il la saisit aux poignets et la força à s'asseoir sur ses genoux :

– Je n'en doute pas, la belle ! Commence donc par boire avec nous !

Les hommes présents à la table accueillirent cette démonstration de puissance à grand renfort de rires gras. Leurs yeux dévoraient Ninon, ils la caressaient de leurs regards gourmands.

Thibault n'osait toujours pas bouger : quelle devait être son attitude ? Qu'aurait fait Jehan de Kermarec ? Se serait-il interposé ? Aurait-il défendu la trobaritz ? L'écuyer était comme paralysé. Il ne savait plus et regardait, tétanisé, le guerrier formidable et Ninon, si fragile dans ses bras.

La jeune femme porta un verre à ses lèvres et but une petite gorgée. Conan lui saisit la main et la maintint, l'obligeant à vider le gobelet d'une traite.

– Ne fais pas tant de manières, déclara-t-il, tu es ici pour t'amuser toi aussi !

Ninon s'étrangla. Le vin coulait sur sa gorge, poissait son corsage. Le tissu empourpré se mit à épouser ses seins. Plus personne n'ignorait rien de la plastique de la danseuse. À nouveau, les rires éclatèrent, plus appuyés, plus féroces. On assistait à la mise à mort d'un animal gracile et les sangs s'échauffaient. Les hommes étaient excités à l'approche de la curée.

N'y tenant plus, Thibault se leva, déclenchant des exclamations désapprobatrices.

– Si Mon Seigneur le permet, lâcha-t-il d'une voix blême, il y a ici un autre baladin qui s'y entend pour faire voler des balles multicolores dans les airs, avec une remarquable habileté.

Conan avait plongé son visage entre les seins de Ninon. Il releva la tête, interloqué, considéra un instant La Fouine qu'il gratifia d'un rictus méprisant :

– Mmmh ? Oui, c'est cela, jongle, jongle !

Puis, sans plus lui prêter attention, il piqua du nez dans le corsage de la jeune femme. Thibault eut la vision furtive d'un chien de guerre occupé à dévorer crue une proie saisie par surprise.

Ninon restait de marbre. Elle se laissait aller, soumise, les yeux fixes. La brute lui pétrissait à présent les cuisses, promenait sa langue sur sa peau. Puis le maître du castel se leva d'un bond, soulevant la jeune femme comme une poupée :

– Votre compagnie me plaît, chevalier. Vos compagnons aussi. Me ferez-vous l'honneur de partager quelques jours encore la quiétude de nos murs ?

Ninon lança à Thibault un regard éperdu, mais l'écuyer savait ne plus pouvoir reculer.

– Bien entendu, Mon Seigneur, s'entendit-il répondre. Je suis ravi de vous offrir ce plaisir.

Il avait lâché ces mots d'une voix assourdie par le remords. Ses yeux croisèrent ceux de Ninon, et son cœur se serra davantage. Déjà, Conan s'éloignait en direction de l'escalier, la jeune femme dans les bras.

Thibault maudit sa lâcheté. Il aurait voulu pouvoir tenir tête à Conan, lui cracher au visage, lui hurler son mépris devant de tels agissements...

Au lieu de quoi il était resté muet, incapable de réagir. Il abandonnait Ninon, la peur au ventre. Il la regarda disparaître au bras de l'ogre. Une boule d'angoisse lui déchirait les entrailles, la tête lui tournait.

– Ne t'en fais pas, lui lança La Fouine dans un souffle, elle en a vu d'autres, et des plus costauds.

Thibault tourna des yeux déments vers le baladin. Il aurait voulu pouvoir le gifler pour ces paroles.

La fête tourna court après le départ du seigneur. Les chevaliers prirent congé un à un et Arnaud de Louderen se fit un plaisir de signifier à Thibault et ses compagnons que leur présence était superflue.

– Votre amie vous rejoindra plus tard, ricana-t-il. Elle a fort à faire.

Il attendait une réaction de colère ou d'orgueil, mais Thibault lui refusa ce plaisir. L'écuyer resta de marbre, salua à son tour le chef de la garde et quitta le château. Il parvint dans la rue la mort dans l'âme, et leva la tête vers le donjon.

Là-haut, une fenêtre se découpait dans la masse sombre. L'écran lumineux était comme la flamme qui embrasait la cime des côtes de Bretagne. Thibault crut distinguer la silhouette de Ninon, dans l'encadrement, mais il dut se rendre à l'évidence : ce n'était qu'un mauvais tour de son esprit torturé. Il exhala un long soupir et s'en fut vers le campement, tête basse.

Prisonnière du phare, La Belette serait l'une des innombrables victimes des naufrageurs.

Chapitre XXXIV

De retour au campement, La Pie et Taureau entreprirent d'allumer un feu. La nuit était bien avancée, et le froid leur meurtrissait les côtes. Ils agissaient sans se consulter, aucun d'entre eux n'osant rompre le silence pesant.

Taureau ruminait encore sa défaite, l'œil sombre. Thibault et La Fouine restaient à l'écart. L'écuyer, pour sa part, se mortifiait de n'avoir pas su préserver Ninon. Il se déshabilla vite, rangeant les vêtements du chevalier dans son sac. En grelottant, il enfila sa chemise et ses braies et attrapa une couverture.

Bientôt, les flammes s'élancèrent vers le ciel sans étoiles. Les étincelles se découpaient sur la voûte sombre, en lumières éphémères vite englouties par les ténèbres.

Taureau se laissa choir auprès du brasier et se

frotta les mains. Il massa ses muscles endoloris, les réchauffant au feu.

– Foutu combattant… articula-t-il péniblement.

– Oui, un lutteur de premier ordre, confirma La Pie avec un hochement de tête connaisseur.

La Fouine saisit l'occasion de se rapprocher de ses deux complices.

– Dommage qu'il n'aime pas l'huile…

Taureau releva la tête comme sous l'effet d'une morsure. Ils échangèrent des regards noirs, hésitèrent un moment sur l'attitude à tenir. La tension était palpable.

Ils partirent tous trois d'un rire fou, La Pie allant jusqu'à rouler sur le sol. Il n'y avait rien qui justifiât une telle hilarité. Les hommes avaient besoin d'éliminer cette rage étouffante qui les habitait.

Thibault n'eut pas le cœur de se joindre à eux. Il resta à l'écart et s'emmitoufla dans ses couvertures avant de s'allonger. Peut-être trouverait-il l'oubli ? Il l'espérait de toutes ses forces.

Il dormit mal, d'un sommeil agité et fut réveillé par des éclats de voix. Les yeux bouffis, il chercha à localiser la source, et découvrit les trois baladins qui parlaient haut et gesticulaient. Thibault chercha en vain Ninon du regard. Autour du feu encore crépitant, le ton ne cessait de monter.

– Pourquoi ne nous en as-tu rien dit, bougre d'âne ? vociférait Taureau.

– Encore aurait-il fallu croiser l'un d'entre vous, se défendait La Fouine.

– Mais enfin, tu réalises les risques encourus ?

Taureau avait bondi sur ses pieds, tremblant de colère. Thibault se releva et s'approcha du feu.

– Peut-on savoir ce qui vous met en tel état ? s'inquiéta-t-il.

Taureau maugréait. Il se perdait dans la contemplation du feu, rongeant son frein. La Pie esquissa une moue gênée.

– Je crois que…

Il s'interrompit, lança un regard en biais à La Fouine :

– Dis lui, Fouine. Après tout, c'est ton histoire.

La Fouine grogna en regardant ses pieds. Il cracha par terre et ferma les yeux.

– Bon, reprenons. J'étais donc comme convenu aux cuisines, où j'ai fait la connaissance d'Éloïse, une servante plutôt gironde…

– *Au fait* ! aboya Taureau. Épargne-nous les détails !

La Fouine avait perdu sa superbe. Il parlait d'une voix blanche, comme pour se débarrasser d'un fardeau

Thibault s'installa à ses côtés, inquiet.

– Continue, l'encouragea-t-il.

La Fouine fit entendre un long soupir, avant de débiter son histoire d'une traite :

– Je lui ai parlé, nous avons sympathisé. Elle me servait à boire, je la faisais rire. J'avais dans l'idée de m'attirer ses faveurs – peut-être m'offrirait-elle un rendez-vous ? Si tel était le cas, elle devrait m'ouvrir la porte, me laisser entrer... Il m'aurait été facile alors d'entamer la visite du castel ! Mais elle se mit à me confier ses malheurs, et elle n'était pas muette, la gueuse, non ! Elle me conta tout. Elle parlait, parlait à m'en tourner la tête. J'appris en quelques instants comment elle avait été prise au château, comment le seigneur s'était occupée d'elle, comment il l'avait maintes fois accueillie dans sa couche...

– Tu veux dire... balbutia Thibault, incrédule.

La Fouine hocha la tête.

– Oui, les agissements de Conan sont connus dans toute la région. Il a perdu sa femme il y a quelques années déjà. Depuis, il a pour habitude d'honorer des donzelles ramassées çà et là, et ne dédaigne pas assouvir ses envies avec quelques-unes des paysannes entrées à son service. Il les sélectionne avec soin, choisissant celles qui ont un physique semblable à celui de la disparue...

– Sait-on la cause de la mort de sa femme ? l'interrompit Thibault.

Il se passionnait soudain pour l'histoire du guerrier aux yeux de braise, voulait tout apprendre. Trop de détails l'avaient troublé au cours de la soirée. La Fouine acquiesça :

– On disait la châtelaine atteinte d'une curieuse maladie de langueur, d'une mélancolie qui l'a conduite jusqu'aux portes de la Mort. La malheureuse semblait condamnée à dépérir.

Il parlait avec emphase, et grimaça soudain :

– Mais c'est la Bête qui s'est chargée d'appliquer la sentence !

La Fouine s'était avancé, bras levés au-dessus de la tête, doigts repliés en serres. Taureau explosa de rire.

– Assez, bavard ! intervint-il. Dis-nous tout, qu'on en finisse !

La Fouine se renfrogna et reprit, plus sobre :

– Elle fut l'une des premières victimes du monstre, voilà trois ou quatre ans de cela. On retrouva son corps, ainsi que celui d'une de ses servantes, près d'une fontaine. À l'époque, la nouvelle fit grand bruit. Certains n'hésitèrent pas à dire que c'était Conan lui-même qui s'en était débarrassé, car le vieux guerrier avait bien changé depuis son retour des croisades. Il était irritable, prompt à s'emporter, sa femme le lassait... On raconte qu'il aurait découvert bien d'autres plaisirs en Terre Sainte, et que la vie à Moncontour lui paraît morne depuis.

Thibault plissa le front, songeur :

– Il a pris part à une croisade ?

– Oui, c'est de là qu'il tient son surnom : *Conan le décapiteur* ! Le seigneur de Moncontour est connu pour sa botte imparable, qui envoyait rouler les têtes de ses adversaires sur le champ de bataille. Il posséderait une technique qui lui permet de désarmer son adversaire... et de lui décoller le chef dans le même mouvement !

La Pie siffla entre ses dents. Il grimaça en serrant ses mains autour de son cou grêle.

– Entends-tu cela, Taureau ? haleta-t-il. Tu aurais pu finir en deux vilains morceaux...

Taureau haussa les épaules :

– Il est bien question de cela, imbécile ! Cesse donc de nous casser les oreilles et réfléchis plutôt : cela ne te fait donc penser à rien ?

Prenant conscience de son ridicule, La Pie pinça les lèvres et resta silencieux. Thibault, les yeux dans le vague, soliloquait :

– *Une botte imparable*, énuméra-t-il, *une force de géant...*

Il s'interrompit – ce n'était pas possible, il

délirait ! Et pourtant, *pourtant*...

– *Une épée énorme*, poursuivit-il, *capable de tout trancher*...

Thibault parut sortir d'un mauvais rêve. Il plongea ses yeux dans ceux de Taureau. Tout était clair, soudain.

Ils avaient percé l'identité de la Bête.

CHAPITRE XXXV

Le jeune homme bondit sur ses pieds. Il ne savait par où commencer :

– Ninon ! s'exclama-t-il. Il faut… Habillez-vous, vous autres ! Nous retournons au château !

Il courut à sa couche, ramassa en hâte ses bottes, agrippa son épée…

La poigne de fer de Taureau se posa sur son épaule.

– Où vas-tu, l'ami ? murmura le colosse d'une voix sourde.

Thibault écarquilla les yeux en le dévisageant.

– Où je ?…. Mais délivrer Ninon, on ne peut la laisser là-bas, il va…

Il s'étrangla. Taureau affichait un sourire triste.

– Et tu vas prendre le castel d'assaut ? Tout seul ?

Thibault se laissa glisser au sol, abattu. Ses

jambes étaient molles, elles refusaient de le supporter davantage.

– Tu as raison, admit-il à regret. Que faire alors ? L'accuser publiquement ?

Taureau soupira et considéra l'écuyer comme un enfant turbulent.

– Tu ne veux plus vivre ? C'est bien ça ?

Il se posa en face de Thibault et reprit sur le ton du secret :

– Tout le monde connaît Conan, ici. Tout le monde sait ses habitudes ! Il ne doit pas se trouver un villageois qui n'aie formulé cette idée, mais voilà : on a brûlé ce matin un dément au visage grimaçant, il n'en faut pas plus pour calmer les esprits et blanchir notre chevalier ! Il lui suffira maintenant de ne plus commettre de crimes dans la ville, et il coulera des jours paisibles jusqu'au moment où la mort se souviendra de son existence… Qui es-tu, toi, le chevalier sans terre, l'usurpateur, pour accuser un noble, dans son propre fief ? Qui es-tu pour mettre en doute le jugement de religieux en leur église ? Veux-tu donc finir toi aussi sur le bûcher ? Le poteau n'est pas tout à fait calciné, il peut encore servir !

Thibault ne put en entendre davantage. Il leva la main pour l'interrompre et resta prostré. Quand il releva la tête, son visage était inondé de larmes.

Taureau avait raison, il ne pouvait que rallier son point de vue.

– Nous sommes impuissants, reconnut-il. Bien. Dès demain, nous lèverons le camp et nous rallierons une autre ville.

Taureau secoua la tête de droite et de gauche, peiné.

– Nous n'en sommes plus libres, cracha-t-il. Conan a été très clair, ne te berce pas d'illusions. Son invitation sonnait comme un ordre et si nous tentons de fuir, il aura tôt fait de lancer ses cavaliers à notre poursuite. Nous n'avons aucune chance.

– Alors quoi ? explosa Thibault. Sommes-nous donc ses jouets ?

– Patience, gronda Taureau. Notre heure viendra. *Je me chargerai en personne de lui faire payer tout ça.*

Les trois autres baissèrent la tête.

Aucun d'entre eux ne se serait avisé de contester au colosse la mission qu'il s'était assignée.

La Fouine hésitait. Il jetait çà et là des regards de chien battu, ne tenait plus en place. Il tordait ses mains, se mordillait la lèvre inférieure.

– Quoi, encore ? s'emporta Taureau.

– Il y a autre chose…

Excédé, Taureau se pinça la base du nez :

– Faudra-t-il que je t'arrache les mots un à un ?

Il s'approchait du bateleur, les mains en avant.

– Non, glapit La Fouine, c'est bon ! Voilà : Conan n'est pas qu'un vieux chevalier qui s'ennuie. Il est…

Sa voix se fit murmure :

– C'est une bête de guerre, qui se morfond dans le souvenir de ses batailles anciennes et regrette de ne pouvoir caracoler en tête de ses troupes. De plus, il a rapporté une folie de ses pérégrinations en Terre Sainte.

– Une de plus, lança Taureau au comble de la fureur. Il est fou, c'est un fait établi. Alors, quoi d'autre ?

La Fouine suait d'abondance. Il passa une main tremblante sur son front ruisselant :

– Éloïse m'a parlé d'une mixture que Conan avale en quantité. Il l'aurait rapportée des Croisades. Elle m'a décrit des propriétés diaboliques, s'est lancée dans des explications auxquelles je n'ai pas accordé crédit. Elle semblait trop empressée à me décrire son maître comme un animal, et j'ai mis son attitude sur le compte de la jalousie. Elle n'était plus sa maîtresse depuis longtemps et Conan dévorait Ninon des yeux : Éloïse aura voulu se venger…

Thibault ouvrit la bouche mais fut incapable de formuler un mot. Les images affluaient… *Il se remémorait Conan fouillant dans une poche, s'emparant d'une boule de pâte sombre, la portant avec délices à sa bouche. Il se rappelait de ses yeux, qui s'étaient peu à peu embrasés, de son sourire extatique quand il avait vaincu Taureau…*

– Ton Éloïse n'a rien inventé, martela-t-il, j'ai vu Conan faire pendant le repas. Il a avalé cette préparation. De quoi s'agit-il ?

La Fouine renifla :

– Selon Éloïse, il a pris cette habitude au cours des Croisades. C'est le secret des *Haschichins*. Les tueurs hérétiques s'en nourrissaient avant de partir au combat. Ils entraient alors dans une telle frénésie meurtrière que les croisés ne parvenaient pas à les maîtriser[1]… Éloïse me l'a dépeinte comme une mixture du Diable, qui rend fou et pousse au meurtre.

Taureau restait sceptique.

– Une frénésie meurtrière, dis-tu ? Quand il m'a terrassé, il jouissait de tous ses esprits.

La Fouine écarta les mains en signe d'impuissance :

1 Authentique. Les croisés redoutaient les *Haschichins*. Les descriptions des combats qu'ils firent à l'époque étaient si effrayantes qu'elles seraient à l'origine de l'évolution de ce terme qui se transforma, au fil des siècles, en *assassins*.

– Je ne puis vous en dire plus, je me borne à répéter ce qu'elle m'a dit…

Il s'interrompit soudain.

Quelqu'un approchait.

Chapitre XXXVI

Taureau fut le premier à reconnaître Ninon. Il fila au devant de la jeune femme et la prit dans ses bras. Elle s'y blottit, avant de s'écrouler sans un mot.

– À l'aide, vous autres, fit le colosse. Des couvertures, de l'eau, vite !

Il la souleva sans effort et l'allongea avec douceur auprès du feu. Ninon avait le visage tuméfié. Elle sanglotait. Taureau avait passé son bras puissant autour des épaules de la jeune femme, qui paraissait ainsi plus frêle qu'une enfant.

– Ce n'est rien, Belette, chuchotait-il, tu es en vie, nous sommes là. Tout va aller maintenant.

Il parlait d'une voix douce, étrangement posée. Thibault s'approcha, et s'accroupit auprès d'eux. Taureau leva vers lui un visage déformé par la haine :

– Il ne la touchera plus, cracha-t-il.

Thibault acquiesça à son tour :

– Oui. Je ne le laisserai pas faire.

Il s'écarta sans un bruit et partit récupérer son épée. Il savait ce qui lui restait à faire.

La Pie le rejoignit en silence.

– Ne fais rien que tu vas regretter, souffla-t-il.

Incrédule, Thibault le dévisagea. Sans lui laisser le temps d'objecter, La Pie poursuivit dans un souffle :

– Ninon s'en remettra, elle en a vu d'autres.

– Que veux-tu dire ?

– Avant de nous rejoindre, Ninon officiait dans les rangs des armées. Elle suivait sa mère, une fille à soudards. Elle n'a jamais su qui était son père. Elle a appris son métier à l'âge de onze ans et a toujours marché dans le sillage des chevaliers. Elle n'a rien fait ce soir qu'elle n'a déjà vécu des centaines de fois.

Une chape de plomb s'était abattue sur les épaules de Thibault, qui se crut pris de vertiges.

– Ninon, balbutia-t-il. *Ninon*…

Il savait la trobaritz charmeuse. Voilà qu'il la découvrait avilie, prête à tout pour parvenir à ses fins. Qui était-elle, au vrai ? Une sœur, une mère… ou la pire des traînées ? Des images tournoyaient sous ses paupières mi-closes : Ninon plaisantait, pleurait, buvait... Elle avait tant de visages ! Il la voyait couchée sur le sol, riant comme une folle tandis que les soldats s'agitaient entre ses jambes, se frottaient sur son ventre...

Thibault s'ébroua, chassant au loin ses pensées. Non, ce n'était pas possible ! La Pie mentait, il abusait de sa crédulité pour l'empêcher de faire son devoir !

– Hors de ma vue ! cracha-t-il. Laisse-moi passer si tu ne veux pas goûter de mon épée !

Avisant son regard meurtrier, La Pie s'écarta sans plus insister. Thibault crispa les poings. Sa décision était prise, il vengerait Ninon. La jeune femme ne méritait pas son sort, il devait exiger réparation – il retournerait au château, demanderait des comptes au seigneur Conan.

Au besoin, il le provoquerait, il tuerait l'ogre de Moncontour. Il ne prit pas la peine d'enfiler sa cotte, dédaigna son écu. Il bouillait d'en découdre, il n'attendrait pas plus longtemps ! Un goût âcre avait envahi sa bouche, une saveur acide, funeste annonciatrice. Le sang battait à ses tempes. Sans un mot, il quitta le campement et partit vers le château.

Il ne vit pas que La Fouine et La Pie le suivaient dans l'ombre.

Il parvint très vite aux abords du castel. La lune

s'était libérée de sa gangue de nuages et entourait la bâtisse d'une lueur irréelle. Le donjon semblait la fendre en deux, comme un glaive titanesque dressé jusqu'au ciel. La vision furtive du visage de Conan se superposa au cercle lunaire, et Thibault s'imagina brandissant son épée. Il frappait de toutes ses forces, et atteignait le vieux guerrier à la tête, fracassant son crâne dans une explosion sanguinaire…

Il s'ébroua.

Un bruit grinçant de gonds venait de déchirer le silence. La porte du château s'ouvrait, livrant passage à la silhouette d'un guerrier juché sur un étalon de guerre. Thibault resta interdit, au milieu de la ruelle.

Une main jaillie de l'ombre le saisit au col. Une autre se plaqua aussitôt sur sa bouche, étouffant toute plainte. Il fut tiré sans ménagement et bascula en arrière.

– Suffit, ordonna La Fouine à voix basse, c'est nous, tu ne crains rien. Regarde, et tais-toi !

Thibault n'objecta pas. Il fit volte-face et se concentra sur la scène. Le destrier piaffait, ses sabots frappaient les pavés, projetant alentour des gerbes d'étincelles. Il se cabra et battit l'air de ses sabots.

C'était une vision apocalyptique, une créature échappée de l'Enfer. L'étalon secouait la tête, envoyant voler des filaments de bave blanche. Le cavalier fouetta sa monture, qui bondit en avant avec un hennissement furieux. La bête s'élança, passant si près de Thibault qu'il put sentir son haleine lourde.

C'était un centaure qui caracolait en direction des portes de la ville…

Sidéré, Thibault interrogea ses complices :

– Vous… Vous avez vu ?

La Pie hocha la tête :

– Oui, nous avons vu comme toi.

L'écuyer serra les mâchoires.

Le cavalier n'était autre que Conan. Le châtelain avait revêtu son armure de combat, enfilé son casque à nasale. Sa formidable épée pendait à son côté. Quelle folie le poussait ainsi à battre la campagne, au milieu de la nuit ?

La Fouine était d'une pâleur cadavérique. Il se racla la gorge :

– J'ai vu ses yeux, déclara-t-il. C'était… *le regard d'un mort*.

[illegible] voici [illegible] de bœuf blanc. La [illegible] au moment qui [illegible] avec [illegible]

[illegible]

Stéphane [illegible]

[illegible]

La [illegible]

[illegible]

CHAPITRE XXXVII

Thibault retourna au campement sans plus parler, en proie aux plus folles interrogations. Ses deux compagnons partageaient son émotion. Ils avançaient tête basse, incapables d'effacer de leur mémoire l'image de Conan caracolant dans la nuit sur son cheval. Le centaure au regard fou avait disparu dans les ténèbres. Ses yeux qui luisaient au milieu de son visage blême, semblaient les fixer encore. Ils les poursuivraient sans doute longtemps…

De hautes flammes s'échappaient du feu entretenu par Taureau. Leur ballet était rassurant. En l'apercevant, ils allongèrent le pas et furent accueillis par le colosse. Ce dernier s'était relevé en hâte, n'y tenant plus. Il les pressa de lui narrer leur équipée, mais ils étaient incapables d'ordonner leurs pensées et se perdirent en témoignages hallucinés.

Taureau, de guerre lasse, avait balayé l'air de ses grosses mains :

– Assez, nous en reparlerons plus tard. Vos jacassements vont finir par réveiller Ninon. All dormir, nous y verrons plus clair au matin.

Les trois hommes avaient mollement acquiescé, et s'étaient isolés chacun de son côté. Thibault trouva la force de passer auprès de Ninon. La jeune femme avait fini par trouver le sommeil. Sa poitrine se soulevait à un rythme régulier, son visage était pâle mais détendu. Un vilain bleu s'étalait sous son œil gauche, envahissant la pommette.

L'écuyer sentit à nouveau la colère lui nouer les entrailles. Il interrogea Taureau du regard, et le colosse lui adressa un signe rassurant.

– Ça ira, glissa-t-il. Elle s'en remettra. Elle est forte, tu sais.

Thibault resta silencieux. Il se tourna une dernière fois vers la jeune femme avant de s'éloigner. Ninon respirait doucement, les lèvres entrouvertes. Elle avait le visage d'une enfant, sous les rayons de lune. Il soupira, lui adressa un salut muet et rejoignit sa couche. Il se roula dans ses couvertures mais fut bien en peine de trouver le sommeil. Des cauchemars émaillaient son repos, qui lui arrachaient des cris et le trouvaient assis, grelottant et couvert de sueur.

Il passa ainsi une partie de la nuit, partagé entre des périodes d'inconscience et de terreur, pendant lesquels les ombres qui dansaient autour du foyer semblaient vouloir le dévorer. Tous les bruits étaient suspects, toutes les silhouettes menaçantes. Elles semblaient grandir, se déformer, et prenaient l'apparence du seigneur du château. Alors elles étendaient leurs ailes noires au-dessus de sa tête, et rampaient jusqu'aux flammes du foyer. Puis elles attiraient Thibault dans un puits insondable, où il basculait sans réaction, assailli de toutes parts. Les questions explosaient dans sa tête. Elles disparaissaient dans le lointain, s'amenuisaient en murmures inaudibles, puis revenaient à la charge en cris assourdissants, s'effaçaient encore…

Thibault se redressait sur sa couche. *Où Conan était-il parti* ? L'obscurité les avait happés, lui et sa monture déchaînée. Ils s'étaient fondus en elle, et l'écho de leur cavalcade échevelée s'était perdu entre les murailles de la ville. Allait-il hanter les venelles de Moncontour ? Thibault en doutait : les ruelles étaient trop étroites, trop abruptes, leur sol trop incertain… Mais peut-être l'étalon aux yeux fous était-il capable de les parcourir au grand galop ? Peut-être ses sabots ne touchaient-ils pas les pavés ? On racontait tant de choses sur ces montures de l'Enfer, ces bêtes au souffle ardent que chevauchaient les cavaliers de l'Apocalypse.

Thibault luttait aux portes du sommeil. Son esprit rejetait ces divagations, il refusait ces théories fumeuses, destinées à alimenter les sermons des prêtres. Il se voulait pragmatique, sain d'esprit… Mais la vision était là, fichée dans son crâne, comme le harpon d'un chasseur pénétrant la chair de sa proie. Il se savait pris au piège, et des terreurs anciennes resurgissaient. Le jeune homme redevenait un enfant fragile, désemparé, incapable de distinguer la réalité des rêves. Il retrouvait ses peurs du noir, du silence. Une houle superstitieuse ravageait son cerveau, l'écuyer ne parvenait pas à formuler d'explications susceptibles de la refouler.

Peu avant l'aube, il finit par sombrer dans une profonde hébétude, un abandon salvateur. Au matin, il s'éveilla avec un goût de pourriture dans la bouche. Sa langue était plus sèche que le cuir de sa selle et ses yeux rougis souffraient de la lumière du jour. Il se traîna en maugréant jusqu'au foyer, et entreprit de s'y réchauffer. Les troubadours étaient déjà levés et faisaient eux aussi grise mine. Ils hésitaient encore à se réunir, pour évoquer leurs aventures de la veille.

Ninon fut la dernière à émerger des brumes du sommeil. Ses yeux étaient bouffis de fatigue, elle s'empressa de détourner la tête pour se soustraire aux regards inquiets de ses compagnons. Elle coiffa ses cheveux avec application, les laissant cascader de chaque côté de son visage. Ainsi, elle masquait en partie sa plaie bleuie.

Quand elle les rejoignit enfin, Thibault se retint de lui parler. Il attendait qu'elle se décide à rompre le silence, et Ninon lui en sut gré. Elle chercha dans les provisions de quoi préparer un repas, et leur distribua du lard et du pain en maigres quantités.

– C'est tout ce qui nous reste, s'excusa-t-elle. Il va falloir reprendre du service à l'auberge !

Ses efforts pour paraître enjouée n'abusaient personne. Elle parlait avec difficulté, et Thibault nota le renflement qui déformait sa lèvre supérieure.

À nouveau, un sentiment de culpabilité s'empara de lui. Que n'avait-il su la soustraire aux griffes de l'ogre ? Et, par-dessus tout, comment avait-il pu accorder crédit aux divagations de La Pie ? Ninon était fragile, on l'avait brisée et il s'était montré incapable de la défendre.

Thibault détourna la tête, pour ne pas croiser le regard de la jeune femme et y lire le reproche et la rancœur.

La Pie vint s'asseoir auprès de lui.

– Ce n'est pas de ta faute, fit le voleur comme s'il lisait dans ses pensées. Tu ne pouvais pas t'imaginer. Tu ne pouvais rien y faire. Ninon sait les risques, quand elle joue ainsi de ses charmes.

Thibault le dévisagea, silencieux. Il aurait voulu lui hurler que ses pauvres tentatives de réconfort le laissaient froid, qu'il ne supportait plus qu'on considère Ninon de la sorte, qu'elle méritait un meilleur sort…

Il préféra se replier sur lui-même.

Sa tête était lourde, ses sens émoussés, il ne songeait qu'à dormir, récupérer, échapper à ce cauchemar éveillé qui le poursuivait depuis qu'il avait croisé leur route, pour son plus grand malheur… Il resserra sa couverture autour de ses épaules et erra ainsi une partie de la matinée, incapable d'ordonner ses pensées. Chacune de ses tentatives de réflexion se soldait par des maux de tête qui lui vrillaient le front.

À l'exception de Taureau, les autres baladins n'étaient pas plus vaillants. Le géant claqua dans ses mains.

– Bon, déclara-t-il, il est temps de réagir !

Il revêtit ses braies et emporta son matériel.

– Attendez-moi, vous autres, leur lança-t-il par-dessus son épaule. Je m'en vais renouveler nos provisions.

Il partit dans l'indifférence générale.

Taureau reparut deux heures plus tard, les bras chargés de victuailles. Un large sourire éclairait son visage.

– Et voilà le travail ! Je les ai attirés avec mon numéro habituel, mais j'ai feint d'être épuisé. Nul n'ignorait que nous étions au château hier, et tout le monde y a cru. Quand est venu le temps des duels, il s'est trouvé deux imbéciles pour relever mon défi. Et encore plus de naïfs pour engager les paris !

Il ricana, satisfait :

– Après la correction que je leur ai réservée, je doute qu'il se trouve encore un habitant pour se laisser abuser. Enfin ! Nous avons de quoi tenir quelques jours. Le temps de vous refaire une santé, et nous reprendrons la route.

Il faisait preuve d'un bel optimisme, mais personne ne croyait vraiment qu'on puisse quitter la cité. Le seigneur de Moncontour avait été très clair, il comptait bien profiter quelque temps encore de leurs services. Pourtant, les troubadours affectèrent tous de se réjouir de la décision de Taureau. Ils n'avaient pas le cœur de le décevoir, et lui étaient reconnaissants de tous ses efforts.

Ils déjeunèrent ensemble, arrosant largement leur repas. Le vin chassa les angoisses et leur réchauffa le ventre.

Thibault avait retrouvé des couleurs, il se sentait animé d'une nouvelle ardeur.

– Sans doute est-il temps de faire le point sur notre situation, déclara-t-il en remplissant son verre.

Taureau l'encouragea à poursuivre, il brûlait d'en apprendre plus sur leurs aventures nocturnes. Thibault allait entamer son récit quand Ninon se pencha en avant.

– Laissez-moi commencer, glissa-t-elle d'une petite voix. Plus tard, je ne sais si je retrouverai le courage…

Elle parlait vite, et son visage exprimait un mélange de haine et de lassitude. L'écuyer se mordit les lèvres, il redoutait les confessions de la jeune femme, craignant d'y découvrir une Ninon qu'il détestait, une catin experte en manipulations. *Cette* Belette qui avait entraîné sa chute…

– C'était… une bête, commença-t-elle. Il… Il m'a violentée, ne m'a pas laissé l'initiative, jouant de moi comme d'une poupée.

Ninon parlait bas, les yeux fixés sur les flammes du foyer, comme pour mieux y dévisager ses démons. Ils se savaient tous quatre dans l'impossibilité de la réconforter : La Belette souffrait de ces blessures qui ne se referment jamais.

– Il m'a prise plusieurs fois, il semblait ne jamais devoir être rassasié. Alors, il se redressait sans m'accorder attention, et se dirigeait vers un coffre, dans lequel il puisait une gourde d'argent et un écrin de bois sombre. Il prélevait une pâte noire, qu'il mâchait avec délectation, en grognant. Je croyais mon calvaire terminé, mais il se tournait à nouveau vers moi et me fixait…

La voix de la jeune femme s'éteignit dans un sanglot. Taureau se pencha vers elle pour la réconforter. Il entoura ses épaules de son bras puissant, mais elle se défit d'une ruade :

– Ne me touche pas ! cracha-t-elle.

– Pardonne-moi, Belette, bredouilla-t-il.

Mais Ninon ne l'écoutait plus, elle fixait les flammes devant elle :

– Ses yeux étaient de braise, son sourire… Il était trop fort, trop brutal. J'ai attendu…

Thibault avait blêmi, aussitôt imité par La Pie et La Fouine. Oui, ils avaient vu les yeux du seigneur dans la nuit, ils savaient quel visage Conan avait tourné vers Ninon. Ils mesuraient sa terreur…

– Quand il en a eu terminé avec moi, il a ramassé mes vêtements sur le sol, me les a lancés au visage et m'a jetée à la porte de sa chambre. J'étais nue, meurtrie, je ne savais plus que faire. Je suis restée là à pleurer, j'étais incapable de bouger. C'est une servante qui m'a ramassée et reconduite aux portes du château. Je… Je ne sais pas comment je suis revenue ici.

Elle s'étrangla à nouveau et plongea la tête entre les genoux. Elle était comme une petite fille blessée, recroquevillée en un dérisoire mouvement de défense. Thibault sentait la colère l'envahir, repoussant au loin les ultimes lambeaux de fatigue. Les troubadours se regardaient, impuissants. Ils auraient voulu trouver les mots, les gestes susceptibles de venir en aide à leur compagne, mais n'osaient s'approcher de Ninon qui sanglotait en silence. Leur gêne était palpable, ils partageaient sa peine. La Pie ouvrit la bouche, mais les mots s'entremêlèrent sur ses lèvres et il resta ainsi, sottement penché en avant, incapable de poursuivre. Taureau agita la main pour lui signifier de garder le silence. La Pie et La Fouine acquiescèrent. On reprendrait plus tard.

Thibault les observait, mâchoires crispées. Ils étaient comme trois ours imbéciles, désemparés devant la détresse de leur meneur. L'écuyer étouffait de rage. Il ressentait le besoin de bouger, d'agir. Mais que faire, que dire à l'encontre d'un seigneur en son fief ? Comment lui faire payer semblable ignominie ? Conan s'était conduit en dépit des règles de chevalerie, qu'il méprisait... Mais qui était-il, lui, l'usurpateur qui endossait une autre personnalité, pour demander des comptes à un noble ? De quel droit s'adresserait-il à un chevalier, lui qui n'était pas adoubé et ne le serait jamais ?

En un éclair, il eut la vision de l'assassinat de Conan – il l'égorgeait, le regardait se vider de son sang avec une satisfaction sauvage... Il s'empressa de chasser cette image. Il avait déjà agi de la sorte et n'en concevait que honte et remords.

Résigné, il décida de s'éloigner du groupe pour remettre de l'ordre dans ses idées. La confusion lui embrumait l'esprit, il convenait de réagir au plus vite, avant de commettre une bévue irréparable. Sans plus attendre, il s'habilla et se rendit à l'auberge.

Petit Louis le reçut avec un large sourire :

– Chevalier ! Avez-vous goûté l'accueil de notre bon maître ?

Thibault se raidit, mais il se reprit aussitôt et s'appliqua à lui rendre son sourire :

– Les nouvelles vont vite, à Moncontour ! Oui, ma foi, le seigneur nous a reçus avec largesse. Le vin était bon et le repas délicieux.

L'aubergiste surveillait ses paroles. Ses petits yeux dévoraient Thibault du regard, cherchant à percer le masque de l'écuyer :

– J'ai ouï dire que vos cadeaux étaient à la hauteur de ses attentes, glissa-t-il avec une mimique égrillarde.

– C'est un fait, grimaça Thibault en se rembrunissant.

Il mit un terme à la discussion d'un geste énergique :

– Apportez-moi un pichet et de quoi manger, demanda-t-il en lançant un regard vers le fond de l'auberge.

Réalisant son erreur, Petit Louis retourna derrière son comptoir. Il servit l'écuyer avec empressement. Thibault le remercia d'un vague signe de tête. Il mordit machinalement dans un quignon de pain, avant de se perdre en songes.

Par où fallait-il commencer ? Il y avait ces morts, ces disparitions brutales, ces crânes qu'on retrouvait posés sur les cols de statues décapitées… Et aucun témoin digne de foi à interroger, pour tenter d'en apprendre plus. Au mieux obtenait-on des contes à dormir debout, des commérages déformés sous l'effet de cette folie ambiante qui ne semblait pas sur le point de s'éteindre avec le temps ! Thibault était perdu, il se sentait près d'abandonner et se laissait gagner par la lassitude. Qu'avait-il à voir avec cette histoire ? Pourquoi s'inquiétait-il du devenir de ces villageois qu'il ne connaissait pas, qu'il ne reverrait sans doute jamais ?

Dans quelques jours, il serait loin. Oubliés, ces baladins qui l'avaient manipulé, ces brigands qui l'obligeaient à une pitoyable mascarade ! Pourquoi s'obstinait-il à se comporter en preux ? Il n'avait de paladin que l'apparence !

La Fouine le tira de ses réflexions en le secouant par la manche.

– C'est elle, là-bas, murmura le voleur. Vite, elle s'en va !

Il haletait, le souffle court d'avoir trop vite couru, et désignait une jeune femme aux cheveux noirs et courts, qui traversait la place. Thibault avala sa bouchée de pain.

– Mmmh ? Quoi ?

– *Éloïse*, haletait La Fouine, c'est elle !

comme ses enfants sous l'effet [illegible] [illegible] qui [illegible] sur le [illegible] s'[illegible] temps. On [illegible] [illegible] [illegible] [illegible] [illegible] [illegible] [illegible] d'une grande.

De [illegible] jours, il [illegible] [illegible] [illegible] [illegible] de [illegible].

La [illegible] [illegible].

C'est [illegible] [illegible].

Il [illegible] d'avoir trop vu [illegible] [illegible] [illegible].

Mais l'Oncle?

— [illegible]

CHAPITRE XXXVIII

Les pensées de l'écuyer se bousculaient. Une excitation nouvelle s'empara de lui : La Fouine lui apportait un début de réponse.

– Va donc me la quérir, s'énerva Thibault. Vite, ne traîne pas !

Il vit s'éloigner le voleur, qui rattrapa la jeune femme avant qu'elle ne quitte la place. Éloïse leva la tête vers La Fouine et lui sourit. Elle suivit du regard son geste, aperçut Thibault, hocha la tête et se dirigea vers le jeune homme d'un pas tranquille. Elle le salua avec déférence et s'assit en face de lui, à son invitation.

– Que puis-je pour vous, Mon Seigneur ?

Thibault lui servit à boire.

– Tu peux beaucoup, Éloïse, *tu peux beaucoup*…

Elle battit des cils, attentive.

– J'ai besoin d'en savoir plus sur ton maître, commença Thibault. Je compte revenir au château, et j'ai l'intention de lui offrir un présent qu'il appréciera…

Il mentait mal, il le sentait. Il s'interrompit et observa Éloïse. La jeune femme attendait, sur la défensive. Elle n'était pas dupe, et son front blanc s'ornait à présent d'une ride soucieuse.

– Je ne sais si je puis…

Thibault se porta en avant et lui prit la main.

– Je te le demande, Éloïse : acceptes-tu de répondre à mes questions ?

Elle tenta de se dégager, renonça et se détendit. Thibault lui souriait, engageant, et elle paraissait sensible au charme de ce jeune homme, si différent des soudards du château.

– Je vous écoute, mon seigneur.

Thibault s'adossa à son siège. Il prit une inspiration et détailla la jeune femme. Éloïse était encore très séduisante. Elle avait une vingtaine d'années et sa beauté commençait tout juste à se flétrir. Thibault fut sensible à son sourire, à ses yeux en amande, à sa poitrine qui se soulevait au rythme tranquille de sa respiration… Il cherchait ses mots, ne voulait pas la brusquer en la questionnant de manière trop abrupte.

– Tu connais bien le seigneur de Moncontour,

reprit-il, on raconte même que tu en sais plus que quiconque sur ses manières, ses besoins…

Éloïse se rembrunit et baissa la tête. Son front se plissa d'une ride butée.

– On vous aura dit que j'ai été…

Thibault hocha la tête :

– Il n'est pas dans mon intention de te juger, Éloïse, ne te méprends pas. J'ai été intrigué par une manie de mon hôte, hier. Il… Il semblait priser la consommation de certaine pâte…

– La substance de folie, l'interrompit-elle. Oui, maintenant, il ne se cache plus pour en prendre.

Elle paraissait sincèrement peinée de cet état de fait. Thibault l'encouragea du geste à poursuivre.

– C'est… un poison, une mixture terrible, produit des manigances de ces fisiciens maures que Mon Seigneur rencontra sur la route des Croisades. Du temps où il m'honorait dans sa couche, mon maître y avait recours parfois. Las, il devenait brutal, ne se comportait plus avec la même douceur. Il me possédait avec rage, me blessait parfois… Au matin, lorsqu'il s'éveillait, il s'excusait, me faisait part de ses regrets et me suppliait de lui pardonner. Et puis le temps a passé, il s'est mis à en prendre chaque fois un peu plus, jusqu'à ne plus pouvoir s'en passer. Un jour, il m'a convoquée et m'a expliqué qu'il ne voulait plus me voir. « J'ai peur de ne plus me contrôler » a-t-il dit. Il pleurait, et je n'ai su quoi lui répondre. Mon Seigneur était si désemparé, si malheureux…

Elle s'interrompit, et jeta des regards inquiets à l'entour. Thibault la rassura :

– Ne t'en fais pas, dit-il en pointant La Fouine du doigt, un baladin surveille les alentours, personne ne nous importunera, tes déclarations resteront entre toi et moi. Allons, dis-moi : quelle est la propriété de cette pâte ?

Éloïse soupira, elle hésita encore puis finit par céder, comme à regret.

– J'avais juré le silence, mais je ne puis plus me tenir muette. Il en va de la vie de Mon Seigneur…

Elle interrogea l'écuyer du regard, et Thibault se contenta de cligner les yeux en une mimique de connivence.

– Il m'a expliqué avoir découvert cette substance en Terre Sainte, continua-t-elle. Là, les troupes croisées étaient la proie d'incessants raids menés par des mécréants assoiffés de sang. Ces hommes agissaient comme des fous, ils tuaient sans discernement, massacraient, hommes, femmes, enfants…

Éloïse parlait comme une possédée, reprenant avec peine sa respiration. Elle se libérait d'un cauchemar longtemps gardé :

– Ils répondaient au nom de « Haschichins » et faisaient grand usage de cette pâte, qui leur permettait d'aborder la bataille sans peur. Mon Seigneur m'a conté qu'une fois, il a tranché les deux jambes de l'un d'eux, qui continuait à ramper dans sa direction, le couteau entre les dents, dans l'espoir de lui infliger quelque blessure dont ces tueurs avaient le secret. Mon Seigneur affirme que certains prolongeaient le combat bien après que leur tête ait roulé au sol…

– *Haschichins*… répéta Thibault, fasciné.

– Oui, poursuivit Éloïse, Mon Seigneur et quelques-uns des chevaliers se procurèrent cette pâte, dont ils firent à leur tour usage dans les combats.

Elle réprima un frisson :

– Il m'a décrit des combats abominables. Sous l'emprise de cette mixture, ils entraient en fureur guerrière et mettaient en déroute des adversaires supérieurs en nombre et en armement. C'est à cette époque qu'il mit au point sa terrible botte, qui envoyait rouler dans la poussière les têtes ennemies… Quand vint l'heure de rentrer, Mon Seigneur se rendit chez un fisicien maure de sa connaissance. Il se porta acquéreur d'une grande quantité de cette pâte des Haschichins, qu'il ramena au château comme la plus précieuse des épices. Il se garda bien d'en parler à ses chevaliers, s'en réservant l'unique usage.

– Mais il n'a pas guerroyé depuis son retour, intervint Thibault, perplexe. Tout au plus s'est-il contenté de tenir à l'écart les seigneurs trop entreprenants. Conan est connu pour sa vaillance, il n'a pas besoin d'un tel subterfuge… Pourquoi en prend-il alors ?

Le regard d'Éloïse se tinta de tristesse :

– Mon seigneur pense qu'ainsi, il conservera son aptitude au combat. Il se sait vieillissant, et craint plus que tout de n'être plus capable de manier l'épée. Il est persuadé qu'il contrôle le pouvoir de sa pâte, qu'il se l'approprie. Il pense que s'en nourrir régulièrement le rend invincible. Il…

Elle se signa, et jeta çà et là de nouveaux regards affolés :

– Dieu m'est témoin que je ne lui veux aucun mal, affirma-t-elle, il… croit que le poison des Haschichins lui offre l'immortalité !

Elle se tut et porta la main à ses lèvres. Craignant d'en avoir trop dit, elle fixait sur Thibault un regard empli d'effroi. Le jeune homme voulut la rassurer, mais Éloïse s'empressa de s'éloigner, l'abandonnant à ses questionnements.

Qu'avait-il appris au sujet du seigneur de Moncontour ? Éloïse cherchait-elle à l'abuser par ces contes de bonnes femmes ? La servante délirait-elle ? Peut-être n'avait-elle pas supporté de ne plus partager la couche de son maître ? Peut-être n'était-elle motivée que par la jalousie, le dépit amoureux ?

Thibault avait présenté Ninon à Conan. Éloïse le lui reprochait-elle ? Dans ce cas, il lui était facile de se venger en colportant des bruits qui semaient le trouble…

Thibault se perdait en conjectures. Il formulait les hypothèses les plus invraisemblables. Il secoua la tête, étourdi, et fit signe à La Fouine qui vint s'attabler à ses côtés.

– Alors, s'enquit le voleur, la gueuse t'a-t-elle livré de nouveaux secrets ?

Thibault secoua la tête :

– Rien qu'elle ne t'avait confié au préalable, avoua-t-il l'air dépité. Si ce n'est que cette pâte dont il semble friand expliquerait son état d'hier au soir, ainsi que la violence dont il a fait preuve à l'égard de Ninon.

– Tu l'excuserais donc ? l'interrompit La Fouine.

Thibault coula un regard glacial dans celui du troubadour :

– Je ne l'excuse pas, cracha-t-il, j'essaye de trouver une explication à ce que nous avons hâtivement jugé comme une manifestation démoniaque. *Conan était possédé*, cette nuit, personne ne le conteste. Mais il faut nous interroger sur cette mixture du diable, plutôt que nous inquiéter d'un éventuel commerce avec le Malin !

La Fouine le dévisagea, surpris par sa hargne. Il hésita à lui répondre sur le même ton, et choisit de ricaner :

– J'en sais un peu plus sur notre beau seigneur. Pendant que tu dormais, je me suis promené aux alentours du château, et j'ai croisé les gardes affectés à l'entrée principale. Ils s'en allaient à l'auberge, après la relève. Je leur ai offert à boire, et nous avons discuté un peu. J'ai avoué ma terreur en croisant Conan à la nuit. Ils ont éclaté de rire : « Ah ! Mon Seigneur est coutumier du fait, m'a confié l'un deux. Il ne se passe pas une nuit sans qu'il ne parte ainsi pour la forêt. Nous entendons le tonnerre des sabots de sa monture, et nous nous empressons de lui ouvrir. Il ne ferait pas bon qu'il trouve porte close : quand d'aventure cela s'est produit, il a châtié les responsables, et je n'ai pas envie de le voir exécuter sa botte. Ceux qui ont assisté à la démonstration ne sont plus là pour la décrire ! »

– Ainsi, il sort chaque nuit en état quasi somnambulique ? Il erre à cheval autour de Moncontour et part s'enfoncer dans les bois…

Thibault n'écoutait plus La Fouine. Le sourcil froncé, il formulait déjà de nouvelles hypothèses :

– Part-il à la poursuite du monstre ou, au contraire, profite-t-il de ses sorties pour s'entraîner… *sur des saints de pierre* ? A-t-il seulement conscience de ce qu'il fait ?

La Fouine semblait mal à l'aise. Des clients entraient dans l'auberge et s'attablaient. L'heure du repas était venue.

– Parle plus bas, s'affola le troubadour. Si l'on venait à surprendre tes soupçons concernant le seigneur du castel…

Il se tut et quitta l'auberge à son tour.

Thibault, satisfait, se resservit un verre de vin. Il envisageait un avenir plus serein. Sa discussion avec Éloïse lui avait fait prendre conscience qu'il ignorait tout de l'affaire depuis le début.

Que savait-il de la Bête, de la manière dont elle avait terrorisé Moncontour ? Qu'avait-il appris de ses agissements, de ses méthodes ? Il ne savait rien. Il s'était enflammé, avait conçu des intrigues abracadabrantes, cédant à cette même impulsivité qui faisait voir les pires démons aux habitants de la ville.

Il hocha la tête, et s'obligea à envisager la situation avec tout le calme nécessaire. Il faudrait relativiser, dresser le portrait de tous les intervenants. Chercher les intérêts de chacun dans cette affaire : *la Bête n'était pas morte*, on avait conduit un innocent sur le bûcher.

Thibault se sentait animé d'une nouvelle flamme. Conan le tenait à sa merci, il l'empêchait de quitter Moncontour ? À la bonne heure !

Il en profiterait pour mener son enquête. Il se leva, jeta quelques piécettes sur la table et sortit au grand air. Il jubilait : Conan n'était plus le seul coupable potentiel. L'écuyer s'était laissé abuser, il avait fait preuve d'une grande crédulité. Non : tout cela n'était pas possible.

Comment avait-il pu une seconde accréditer cette thèse folle ? Comment un chevalier, un croisé qui plus est, aurait-il pu se livrer à de telles exactions ? Les apparences étaient trompeuses, mais Conan n'avait pu agir de la sorte, c'était proprement inconcevable ! Soit, il abusait d'une drogue puissante, qui le plongeait dans un état dangereux, mais cela le poussait-il à de telles extrémités ?

C'était de l'ordre du possible, Thibault n'en doutait pas. Pourtant, au fond de son cerveau, la petite voix aigrelette s'élevait à nouveau, et son chant lancinant prenait de l'ampleur.

L'écuyer hocha la tête. Il y avait sans doute d'autres pistes. Il lui appartenait de les trouver.

Et pour ce faire, il allait enquêter…

FIN DU TOME 1

DÉJANTÉ

HILARANT

ÉNORME

prix france TTC : 6 €

LE SAN-ANTONIO

DE L'ESPIONNAGE

parution : mai juin 2008

Cet ouvrage a été imprimé en France par

CPI
Bussière

à Saint-Amand-Montrond (Cher)
en janvier 2009

VAUVENARGUES. - 14, rue Léonce Reynaud - 75116 Paris
Tél. : 01-40-70-95-57

— N° d'imp. : 82001. —
Dépôt légal : février 2009.